鳥羽 亮

剣《けん》客《かく》旗《はた》本《もと》春秋《しゅんじゅう》譚《たん》

実業之日本社

実業之日本社文庫

剣客旗本春秋譚　目次

第一章　上段霞　8
第二章　殺し人　60
第三章　旗本屋敷　101
第四章　隠れ家　145
第五章　襲撃　193
第六章　ふたり上段　242

永寺
車坂町
卍廣徳寺
東本願寺
卍
浅草寺
卍
吾妻橋
野
三枚橋
浅草
並木町
下谷
駒形町
諏訪町
谷長者町
御徒町通り
日光街道
青井市之介の屋敷
下谷練塀小路
森田町
糸川俊太郎の屋敷
岸田屋
佐々野彦次郎の屋敷
伊庭道場
そば屋
瓦町
神田佐久間町
笹川
茅町
福井町
本所
新シ橋
美浜屋
柳原通り
浅草御門
両国広小路
亀戸
豊島町
柳橋
両国橋
回向院
竪川
奥州街道
米沢町
相生町
岩井町
馬喰町
元町
一ツ目橋
横山町
二ツ目橋
緑橋
亀井町
橘町
薬研堀
汐見橋
栄橋
本橋
千鳥橋
田所町
久松町
大川
冨沢町
高砂橋
大伝馬町
高砂町
小川橋
堀江町
伊勢町
浜町
新大橋
親父橋
組合橋
橋本町
浜町堀
小名木川
本橋
荒布橋
小網町
戸橋
南茅場町
深川
行徳河岸
上ノ橋
八丁堀
仙台堀
今川町
永代橋
佐賀町
亀久橋
魚橋
稲荷橋
油堀
山本町
⛩富ヶ岡八幡宮
門前仲町
汐見橋
入船町
佃島

剣客旗本春秋譚
江戸地図
前田家上屋敷
菊坂町
下谷広小路
湯島切通町
湯島天神
本郷
湯島
中山道
水道橋
神田明神
湯島聖堂
神田川
駿河台
昌平橋
筋違御門
小川町
大草主計の屋敷
神田
一ツ橋御門
江戸城
四谷御門
麹町
半蔵御門
桜田御門
赤坂御門
山下御門
山下町
山城河岸
東海道
紀伊国橋
木挽橋
木挽町

図版作成／ジェオ

〈主な登場人物〉

青井市之介……二百石の非役の旗本。青井家の当主

おみつ……市之介の新妻。糸川の妹

つる……市之介の母。御側衆大草与左衛門（故人）の娘

茂吉……青井家の中間

お春……青井家の女中

大草主計《かずえ》……市之介の伯父。御目付。千石の旗本

小出孫右衛門…大草に仕える用人

糸川俊太郎……御徒目付。市之介の朋友

佐々野彦次郎…御小人目付から御徒目付に栄進

佳乃……佐々野の妻。市之介の妹

野宮清一郎……北町奉行所、定廻り同心

剣《けん》客《かく》旗《はた》本《もと》春《しゅん》秋《じゅう》譚《たん》

第一章　上段霞《じょうだんがすみ》

1

柳の樹陰で、こおろぎが鳴いていた。哀愁を感じさせる鳴き声だった。柳枝《りゅうし》を揺らす微風《そよかぜ》のなかに、秋の涼気が感じられる。

そこは神田川《かんだがわ》沿いにつづく、柳原《やなぎわら》通りだった。柳原通りは、浅草橋《あさくさばし》御門から筋違御門までの神田川沿いにつづいている。

五ツ（午後八時）ごろだった。日中は賑やかな柳原通りも、いまは人影がなくひっそりとしていた。

柳原通りをふたりの男が、足早に歩いていた。北町奉行所定廻《じょうまわ》り同心、原島宗《はらしまそう》兵衛《べえ》と岡っ引きの甚八《じんぱち》である。

「原島の旦那、美浜屋《みはまや》のあるじを殺《や》ったのは、二本差しのようですぜ」

甚八が歩きながら言った。

「ふたり組らしいな」

原島と甚八は、ふたりが殺された事件の探索のために柳橋《やなぎばし》に出かけた帰りだった。浅草茅町《かやちょう》二丁目にある米問屋、美浜屋のあるじの益右衛門《ますえもん》が殺されたのは、三日前だった。益右衛門は手代の栄次郎《えいじろう》を連れ、柳橋にある料理屋に出かけた帰り、何者かに襲われていっしょにいた栄次郎とともに殺されたのだ。

原島は現場で益右衛門と栄次郎の検死をし、ふたりの傷口から刀で斬られたとみた。それに、殺された現場近くで聞き込み、益右衛門たちの後ろからふたりの武士が歩いているのを目撃した者がいたからだ。

「辻斬りですかね」

甚八が言った。

「辻斬りではないな」

原島は、ふたり組の辻斬りが、益右衛門たちの跡を尾《つ》けて襲ったとは思えなかったのだ。

「財布を抜かれてやしたぜ」

殺された益右衛門の財布がなかったのだ。

「もうすこし、調べないと何とも言えないな。……ただ、益右衛門と栄次郎を斬ったふたりは、腕の立つ武士とみていい」

益右衛門は一太刀に、頭を斬り割られていた。一方、栄次郎も袈裟《けさ》に一太刀で仕留められていた。相手は武器を持たない町人だが、見事に一太刀で仕留められていたことから、原島は腕の立つ下手人の仕業とみたのである。

「それにしても、旦那は熱心だ。こんなに遅くまで、あっしらといっしょに聞き込みにまわるんだから」

甚八が感心したように言った。

「ふたりも、殺されているからな。なんとか、下手人を捕らえたいのだ」

原島と甚八がそんなやり取りをして歩いているうちに、前方に神田川にかかる和泉《いずみ》橋が見えてきた。橋梁が、夜陰のなかに辺りを圧するように横たわっている。

「旦那、後ろからだれか来やすぜ」

甚八が、後ろを振り返って言った。

見ると、後方に人影が見えた。半町ほど後ろだろうか。月明りのなかにぼんやり浮かび上がった姿は、武士らしかった。袴姿で刀を帯びていることがみてとれた。武士は足早に歩いてくる。

「あの二本差し、あっしらを狙っているのかもしれねえ」

甚八の声が、うわずっていた。

「気にすることはあるまい。相手は、ひとりだ」

腕の立つ武士であっても、ひとりでふたりを狙うとは思えなかった。それに、原島は一目で、八丁堀《はっちょうぼり》同心と知れる格好をしていた。小袖を着流し、羽織の裾を帯に挟む、巻羽織と呼ばれる八丁堀同心独特の格好である。

背後から来る武士は、さらに足を速めたらしく、原島との間がつまってきた。

「だ、旦那、あそこの柳の陰に！」

甚八が、前方右手を指差した。

通り沿いの土手に植えられた柳の樹陰に人影があった。そこは、和泉橋のたもと近くだった。樹陰は闇が深く、ひとが立っていることは知れたが、男か女かも分からない。

「出てきた！」

甚八が声を上げた。

人影が、柳の樹陰から通りに出てきた。武士だった。黒い頰隠し頭巾をかぶって、顔を隠している。袴姿で、二刀を帯びていた。武士は足早に原島と甚八の前に近付いてきた。

原島は振り返った。背後から来る武士が、二十間ほどに迫っている。こちらも、頰隠し頭巾をかぶっていた。

……おれたちを狙っている！

と、原島は察知した。ふたりの武士は、ここで待ち伏せしていたとみていい。おそらく、八丁堀同心と悶っ引きと知っての上で狙ったのだろう。

「甚八、柳を背にしろ！」

原島は甚八に声をかけ、通り沿いに植えられた柳を背にした。背後から襲われるのを避けようとしたのだ。

甚八は柳を背にして立った。懐から十手を取り出して身構えたが、手は震え顔は恐怖にこわばっている。

ふたりの武士は左右から走り寄り、原島と甚八の前にひとりずつ立った。原島の前に立ったのは、大柄な武士だった。頰隠し頭巾の間から、双眸《そうぼう》が青白く浮かび上がったように見えている。

原島と武士との間は、まだ三間半ほどあった。

「何者だ！」

原島が誰何《すいか》した。

武士は無言のまま腰の大刀の柄に右手を添えた。

「八丁堀同心と知っての上か！」

さらに、原島が声高に訊《き》いた。

「問答無用」

武士はくぐもった声で言うと、刀を抜いた。

長刀だった。刀身が、三尺ちかくありそうだった。通常の刀は二尺四寸ほどだったのでかなり長い。

「おのれ！」

原島も腰の長脇差を抜いた。

八丁堀同心は、下手人を斬らずに生きたまま捕らえることを求められていたので、刃引きの長脇差を腰に差している者が多かった。

大柄な武士は、長刀を振りかぶり上段に構えた。そして、両手を高くとり、長刀の切っ先を背後にむけた。

「こ、これは！」

原島が声を上げた。大柄な武士の長刀が、見えなくなったのだ。見えるのは、刀の柄頭だけである。

「上段霞……」

武士がつぶやくような声で言った。

2

甚八の前に立った武士は、中背で痩身だった。頭巾の間から、細い目が甚八にむけられている。獲物を狙う蛇のような目である。

「て、てめえら、八丁堀の旦那に刀をむけるのか」

甚八が、声をつまらせて言った。手にした十手が、震えている。

中背の武士は、無言のまま刀を抜いたが、すぐに構えなかった。右手に持ったまま刀身を下げている。

「そ、そこを、どけ！」

甚八が手にした十手を中背の武士にむけた。

すると、中背の武士は、ゆっくりした動きで刀身を上げて青眼《せいがん》に構えた。切っ先を甚八の目線につけている。遣い手らしく、腰の据わった隙のない構えだった。もっとも、甚八は恐怖に駆られ、隙があるかどうかも分からない。

　甚八と中背の武士の間合は、およそ三間ほどだった。まだ、一足一刀の斬撃の間境《まざかい》の外である。

「いくぞ！」

　中背の武士が低い声で言い、足裏を摺《す》るようにして甚八との間合を狭めてきた。

「や、やる気か！」

　甚八は叫んだが、へっぴり腰で後じさった。


　このとき、原島と対峙《たいじ》していた大柄な武士も動いた。上段に構えたまま原島との間合をつめ始めた。大きな構えだった。その大柄な体とあいまって、上から覆い被さってくるような威圧感がある。

　原島は長脇差の切っ先を大柄な武士にむけて青眼に構えたが、切っ先が揺れていた。腰が浮き、構えは隙だらけだった。原島にも剣の心得はあったが、これまで武士を相手に真剣勝負などやったことはなかったのだ。

　原島は後じさったが、大柄な武士との間合は狭まってきた。武士の寄り身が速かったのである。

ふいに、原島の足がとまった。踵《かかと》が、背後に植えてあった柳の幹に迫り、それ以上下がれなくなったのだ。

大柄な武士は、寄り身をとめなかった。三間余あった間合が一気に狭まり、一足一刀の斬撃の間境に近付いてきた。

原島の武士にむけられた切っ先が揺れた。構えもくずれていた。顔が恐怖にひき攣《つ》っている。

「よせ！　刀を下ろせ」

原島が悲鳴のような声で叫んだ。

大柄な武士は、かまわず間合をつめてくる。そして、斬撃の間境まであと一歩に迫ったとき、ふいに武士は寄り身をとめた。全身に激しい気勢を込め、斬撃の気配を漲《みなぎ》らせている。

「いくぞ！」

ふいに、武士が声を上げざま一歩踏み込んだ。

咄嗟《とっさ》に、原島は青眼に構えた長脇差の切っ先を上げた。無意識に、敵の上段からの斬撃を受けようとしたらしい。

次の瞬間、大柄な武士の全身に斬撃の気がはしり、体が膨れ上がったように見えた。

イヤアッ！

裂帛《れっぱく》の気合と同時に、武士の体が躍動した。

迅《はや》い！

原島は頭上に刃唸りの音を聞いた。武士の刀身はむろんのこと、一瞬のきらめきも目にしなかった。

次の瞬間、原島は頭に落雷でも浴びたような強い衝撃を感じた。原島の意識があったのは、そこまでだった。

原島は大柄な武士の一撃で頭を割られ、腰からくずれるように転倒した。悲鳴も呻《うめ》き声も上げなかった。即死といっていい。地面に仰向けに倒れた原島の顔が血に染まり、熟柿《じゅくし》のようだった。

原島が大柄な武士に斬られたのを目にした甚八は、

「た、助けて！」

と叫びざま、手にした十手を振りまわしてその場から逃げようとした。

「逃がさぬ！」

声を上げ、中背の武士が一歩踏み込みざま斬り込んだ。素早い動きである。

青眼から袈裟へ——。

切っ先が、甚八の肩を斜にとらえた。

ザクリ、と甚八の肩から胸にかけて裂け、血が噴出した。それでも、甚八はすぐに倒れなかった。呻き声を上げ、血を撒《ま》きながら逃げようとした。

甚八は五、六間よろめきながら逃げたが、足がとまると、腰からくずれるように転倒した。

首を擡《もた》げ、手足を動かして這おうとした。だが、いっときすると首が落ちてぐったりなった。

中背の武士は甚八のそばに来て、動かなくなったのを確かめると、刀に血振《ちぶ》り（刀身を振って血を切る）をくれて、納刀した。

「たわいもない」

中背の武士が、くぐもった声で言った。

そのとき、大柄な武士が、

「このままだと、往来の邪魔だな。それに、通りかかった者が、すぐに気付くぞ」

と、声をかけた。すでに、大柄な武士は納刀していた。その足元に、血塗《ちまみ》れになった原島が横たわっている。

「土手際まで、引き摺り込んでおくか」

中背の武士が言った。

「そうだな」

大柄な武士は、横たわっている原島の両足をつかむと、ズルズルと引き摺って死体を道沿いの叢《くさむら》まで運んだ。

同じように中背の武士も、甚八を叢に引き摺り込んだ。

「どこかで、一杯やって帰るか」

大柄な武士が声をかけた。

「いいな」

ふたりは、足早にその場から離れた。

3

庭に植えられた柿の木に、数羽の雀がきていた。熟柿をつついているのであろうか。朝日が、柿を照らしている。

「今日も、いい日だな」

青井市之介《あおいいちのすけ》は、両手を突き上げて伸びをした。遅い朝餉《あさげ》の後、屋敷の縁先に出て庭を眺めていたのだ。

そのとき、縁側に面した座敷に入ってくる足音がし、

「旦那さま、お茶がはいりました」

と、おみつの声がした。

おみつは、市之介の新妻だった。ふたりがいっしょになって、一年の余しか経っていなかった。

市之介は、二十代後半だった。二百石の旗本である。非役で、いつも暇を持て余している。今日も出かける当てがなく、屋敷でくすぶっていたのだ。

通常、旗本は殿さまと呼ばれるが、市之介はおみつといっしょになった当初か

ら、旦那と呼ぶように話した。殿さまと呼ばれるような身ではない、と自覚していたからである。

「茶か」

市之介は障子をあけて座敷にもどった。

おみつが、座敷に座っていた。膝先に、盆に載せた湯飲みがある。おみつは、二十歳だったが、まだ子供がいないせいもあって新妻らしさが残っていた。うりざね顔で、色白の美人である。

市之介がおみつの前に腰を下ろすと、

「いい日和でございますねえ」

おみつが、秋の日差しを映じて輝いている障子に目をやって言った。

「いい日だが、でかける気にはなれんな」

市之介は、金もないし、と言いかけたが、言葉を呑んだ。二百石で非役の旗本の内証《ないしょう》は苦しかったが、おみつには言いたくなかったのだ。

「こうして、旦那さまといっしょにいられるなら、わたし、どこにも出かけたくありません」

おみつが、甘えるような声で言った。

「そうか、そうか」

市之介が鼻の下を伸ばして膝先に置かれた湯飲みに手をやったとき、廊下を歩く足音がした。

足音の主は、市之介の母親のつるである。

障子があいて、つるが顔を見せた。つるは市之介とおみつが、差し向かいで座っているのを目にし、

「邪魔でしたかねえ」

と、おっとりした声で言い、市之介の脇に座った。

「義母上《ははうえ》にも、茶を持ってきます」

おみつは、慌てて立ち上がろうとした。

「おみつ、いいんですよ。いま、お春《はる》が淹《い》れてくれた茶を飲んだばかりだから」

そう言って、笑みを浮かべた。お春は、市之介の家に奉公している女中である。

つるは四十代後半だった。名前の通り、鶴のようにほっそりしていた。色白で首が細く、面長である。顔や体付きまで、鶴を思わせる。

五年ほど前、つるの夫の四郎兵衛《しろべえ》が亡くなり、その後、つるは寡婦《かふ》として暮らしていた。半年ほど前まで、市之介の妹の佳乃《よしの》も同居していたが、市之介がおみつ

を妻に迎え、屋敷内でいっしょに暮すようになってから半年ほどして嫁にいった。

佳乃の嫁ぎ先は、御徒目付《おかち》の佐々野彦次郎《ささのひこじろう》だった。佳乃は、前から佐々野のことを好いていて、嫁に行くことを望んでいたのだ。佐々野も佳乃を気に入ってい て、市之介がそれとなく話すと、佐々野はすぐに佳乃を妻に迎えたのである。

いま、青井家は、市之介、新妻のおみつ、それに母親のつるの三人暮しだった。

「市之介、家にいるのも退屈だねえ。……どう、三人で浅草寺《せんそうじ》にでもお参りにいかないかい」

つるが間延びした声で言った。

つるは、浪費家だった。浪費家というより、金に頓着しないのだ。つるの実家は、千石の大身、大草《おおくさ》家であった。

つるの父親の大草与左衛門《よざえもん》は、御側衆まで栄進した男である。御側衆の役高は五千石だった。つるが育ったころ、大草家は五千石の実入りがあり、何不自由なく暮すことができたのだ。

大草家では与左衛門が亡くなった後、つるの兄の主計《かずえ》が家を継いだ。いま、主計は御目付の要職にある。

「出かけるには、いい日和だ」

市之介はそう言ったが、浅草寺に行く気などなかった。つるの魂胆は分かっていた。浅草寺の帰りに料理屋にでも立ち寄って、何かおいしい物でも食べて帰りたいのだ。

市之介は、ふたりの女のお供をして出かけるのも気が進まなかった。それに、散財するほどの余裕もなかった。

青井家は用人を雇ってなかったので、家のやり繰りは当主の市之介がやっていた。やり繰りといっても、市之介は札差から渡される金を必要に応じて遣うだけである。

青井家の奉公人は、中間《ちゅうげん》の茂吉《もきち》、飯炊きの五平《ごへい》、それに通いのお春だけである。旗本といっても、御家人と変らない。

市之介が何とか口実をもうけて、つるに浅草寺のお参りを断念させようと思ったとき、玄関先から庭にまわってくる足音が聞こえた。

「だれか、来たようだ」

市之介は、すぐに立ち上がった。

何事かと、つるとおみつも腰を上げ、市之介の後ろからついてきた。

障子をあけて縁先に出ると、茂吉が慌てた様子でやってきた。

「旦那さま、大変《てえへん》だ！」

茂吉が、市之介の顔を見るなり声を上げた。茂吉も、殿さまではなく旦那さまと呼んでいる。

茂吉は五十過ぎ、短軀で猪首《いくび》だった。妙に大きな顔をし、ゲジゲジ眉で厚い唇をしていた。悪党らしい面構えだが、心根は優しかった。お節介で、すこしおっちょこちょいである。

4

「茂吉、何があった」

すぐに、市之介が声高に訊いた。うしろに立っているつるとおみつも、茂吉に目をやっている。

「殺られやした！　八丁堀の旦那が」

茂吉が声を上げた。

「八丁堀の同心か」

市之介が身を乗り出して訊いた。

「そうでさァ。いっしょに御用聞きも殺されてやす」

「それは、大変だ！」

市之介が、さらに声を大きくした。八丁堀同心と岡っ引きが殺されようと、市之介には何のかかわりもなかったが、浅草寺のお参りの話から逃れられると思ったのだ。それに、いい退屈凌《しの》ぎになりそうだ。

「糸川《いとかわ》さまも、行きやしたぜ」

茂吉が言った。

「糸川も行ったのか、おれも行かねばならんな」

糸川俊太郎《しゅんたろう》は、御徒目付だった。市之介の朋友《ほうゆう》であり、おみつの兄でもあったので、日頃親しくしていたのだ。市之介にとって、糸川は義兄だが、おみつといっしょになる前から、ふたりは糸川、青井と呼び合っていた仲だった。それで、いまも同じように呼んでいる。

「おまえ、出かけるのかい」

つるが、市之介に身を寄せて訊いた。

「糸川が行ったとなれば、それがしも行かねばなりません」

「おまえには、かかわりがないと思うがね」

「いえ、すぐに行かねば」

市之介は、茂吉に目をやり、「場所は、どこだ」と訊いた。

「柳原通りでさァ」

「すぐ、行く。戸口で待て」

市之介は、いったん座敷にもどった。そして、刀掛けに置いてあった大小を手にして玄関にむかった。

つるとおみつも、慌てた様子で市之介についてきた。

「母上、おみつ、留守を頼むぞ」

市之介はそう言い残し、玄関から飛び出した。

市之介の屋敷は、下谷練塀小路《したやねりべいこうじ》の近くにあった。小身の旗本や御家人の屋敷のつづく道を南にむかえば、神田川沿いの通りに出られる。和泉橋はすぐ近くで、渡った先が柳原通りだった。

市之介が茂吉につづいて和泉橋を渡り、橋のたもとに出ると、

「旦那、あそこ！」

茂吉が指差した。

見ると、橋のたもと近くの道沿いの叢に人だかりができていた。通りすがりの

野次馬が多いようだが、八丁堀同心、羽織袴姿の武士、それに岡っ引きらしい男も目についた。八丁堀同心が殺されたので、町方が大勢集まっているようだ。

「あそこに、糸川さまが。……佐々野さまも来てやす」

茂吉が声高に言った。

人だかりのなかに、糸川と佐々野の姿があった。ふたりも、町方同心が斬られたと聞いて駆け付けたらしい。

市之介と茂吉が、人だかりのそばまで来ると、

「どいてくんな。青井さまが、お見えだ」

と、茂吉が野次馬たちに声をかけた。

集まっている野次馬たちは、青井の名を聞いても何者か分からないはずだが、慌てて身を引いた。市之介を見て、火盗改《かとうあらため》とでも思ったらしい。

「ここだ」

糸川が手を上げた。市之介の姿を目にしたらしい。

市之介は人垣のなかを抜けて、糸川と佐々野のそばに近寄った。茂吉は、市之介の手先のような顔をしてついてきた。

「町方同心が、殺されたそうだな」

市之介が糸川に身を寄せ、声をひそめて訊いた。

「そこに、横たわっている」

糸川が道沿いの叢を指差した。

男がふたり、仰向けに倒れていた。まわりに、八丁堀同心や岡っ引きと思われる男たちが集まっている。

倒れているひとりは、その身装《みなり》から八丁堀同心と知れた。もうひとりは、岡っ引きらしい。

「ふたりは、そこで斬られたのではないらしい」

糸川が「あの辺りに、血の痕《あと》があった」と通り沿いを指差した。そこにも、八丁堀同心と岡っ引きらしい男の姿があった。

「ともかく、死体《ほとけ》を拝んでみるか」

市之介は、糸川、佐々野といっしょに八丁堀同心や岡っ引きたちが集まっている場所に足をむけた。茂吉は、手先のような顔をして市之介についてきた。

市之介たちは、岡っ引きと思われる男の脇から叢を覗いた。男がふたり倒れていた。ひとりは、八丁堀同心だった。その身支度からすぐにそれと知れたのである。

……頭を割られている！

市之介は、胸の内で声を上げた。

同心は頭を斬り割られていた。赭黒《あかぐろ》くひらいた傷口から、頭蓋骨が白くのぞいていた。仰向けに倒れた顔が、血に染まっている。倒れている男の周囲に血の痕がないのは、殺された後、この場に運ばれたからだろう。

その男の脇に、もうひとり横たわっていた。こちらは、岡っ引きらしい。肩から胸にかけて斬り下げられていた。首筋や小袖は、赭黒い血に染まっていたが、やはり体の周囲に血痕はなかった。この男も、斬られた場所から運ばれたようだ。

「ふたりを斬った下手人は、別人らしい」

糸川が小声で言った。

「それに、ふたりとも遣い手のようだ」

市之介が言うと、糸川はうなずいた。糸川も、斬られたふたりの傷口を見て遣い手とみたらしい。

市之介と糸川は、残された刀傷を見て下手人の腕のほどを見抜く目を持っていた。糸川はおみつの兄であり、市之介の剣術道場の同門でもあった。

市之介は少年のころから、下谷御徒町にあった心形刀流《しんぎょうとうりゅう》、伊庭軍兵衛秀業《いばぐんべえひでなり》の道場に通った。その道場に糸川も通っていて、一緒に稽古した仲だった。

市之介は、熱心に稽古に励んだ。剣術の稽古は嫌いではなかったし、強くなりたいという思いもあったからだ。

そして、二十歳ごろになると、師範代にも三本のうち一本はとれるほどに腕を上げたが、二十代半ば間もなくで、道場をやめてしまった。父が亡くなり、家を継いだこともあるが、剣術をつづけても非役のままで何の役柄にも就けないと思ったからだ。

その後、市之介は非役のまま退屈な暮らしをつづけている。

5

市之介たちは、いっとき横たわっているふたりの死体に目をやってから、その場を離れた。

「これは、町方の仕事だな」

人だかりから離れた所で、市之介が糸川に言った。

「どうかな」

糸川がつぶやいた。

「何か気になることでも、あるのか」

「気になるのは、下手人だ。斬った男が幕臣であれば、おれたちも放ってはおけないぞ」

糸川が言うと、そばにいた佐々野がうなずいた。佐々野の顔は、厳しかった。凄絶なふたりの死顔を見たせいらしい。

糸川と佐々野は、幕府の御徒目付だった。御徒目付は御目付の配下で、主に御《お》目見《めみえ》以下の幕臣を監察糺弾《きゅうだん》する役である。佐々野は御徒目付の配下の御小人《おこびと》目付だったが、半年ほど前に栄進し、御徒目付になったばかりである。

したがって、糸川と佐々野は下手人が幕臣であれば探索にあたり、町方にまかせずに自分たちの手で捕らえねばならない場合もあった。

市之介たちがそんなやり取りをしていると、茂吉が市之介の袖を引き、

「旦那、あっしは、この辺りで聞き込んでみやす」

と、小声で言った。いつの間にか、旦那さまが旦那に変っている。岡っ引きにでもなったつもりなのだろう。

「なんで、おまえが聞き込みをするのだ」

市之介が、呆《あき》れたような顔をして訊いた。

どういうわけか、茂吉は捕物好きだった。市之介が糸川たちとともに事件にかかわると、岡っ引きにでもなった気になって、嗅ぎまわるのだ。もっとも、茂吉は青井家にいても、中間らしい仕事はなく、庭の草取りや庭木の手入れぐらいしかやることはない。それより町に出て、事件のことで歩きまわる方が気が晴れるのだろう。

「旦那、あっしがみたところ、この件は、糸川さまたちにかかわりがありやすぜ。旦那の出番もあるってことでさァ」

茂吉が目をひからせて言った。岡っ引きらしい物言いである。

「勝手にしろ」

市之介は、茂吉の好きなようにやらせておこうと思った。

「ちょいと、行ってきやす」

茂吉は勇んでその場から離れた。

市之介は糸川と佐々野に近付き、

「どうする」

と、ふたりに訊いた。

「あそこに、野宮《のみや》どのがいる。様子を訊いてみるか」

糸川がふたりの死体が置かれている場から、すこし離れたところに立っている野宮清一郎《せいいちろう》を指差して言った。

野宮は、北町奉行所の定廻り同心だった。糸川は事件の現場で野宮と何度も顔を合わせており、顔見知りだった。

幕府の目付筋と町方同心は反目し合うことが多かったが、糸川と野宮は気心を通じた仲だった。

「そうだな」

市之介は、いまから屋敷に帰ると、また母親のつるの相手をしなければならないと思い、糸川たちといっしょに野宮のそばに近寄った。

「おぬしたちか」

野宮は市之介たちにそう言っただけで、すぐに足元に目をやった。

地面に血痕があった。かなりの血が、飛び散っている。

「ここで、原島は殺られたらしい」

野宮が、「原島宗兵衛は、おれと同じ北町奉行所の定廻り同心だ」と無念そうな顔をして言い添えた。

「原島どのは、頭を斬られたようだ」

市之介が言った。

「ここで、原島どのは頭を斬られた。その後、あそこまで自力で這っていったとは思えん。下手人が、運んだにちがいない」

糸川が血痕に目をやりながら言った。

「殺されている、もうひとりは」

市之介が訊いた。

「原島どのが、手札を渡している御用聞きの甚八だ。原島どのといっしょにいて殺されたらしい」

「甚八が殺られたのは、どこだ」

市之介は、甚八も殺された後、下手人にいまの場所に移されたとみた。

「そこだ」

野宮が、すこし離れた場所を指差した。

その場所には、八丁堀同心の姿がなかった。岡っ引きと下っ引きらしい男、それに野次馬たちが十人ほど集まっているだけである。

市之介たちは、念のためにその場にも行ってみた。地面に黒ずんだ血痕が残っていたが、さきほど見たのより、かなり少量だった。

すぐに、市之介たちは野宮のそばにもどり、

「原島どのを斬った者に心当たりは、あるのか」

と、糸川が訊いた。

「ない」

野宮が素っ気なく言った後、「おぬしたちこそ、此度《こたび》の件に何かかかわりがあるのか」と、小声で訊いた。

「下手人は、武士とみたのだ」

糸川が言った。

「おれも、武士とみている」

「武士ならば、幕臣かもしれない」

糸川が、「幕臣なら、放っておけないのでな」と小声で言い添えた。そばにいた町方同心の耳に入れたくなかったらしい。

「下手人に、何か心当たりはあるのか」

野宮が糸川に顔をむけて訊いた。

「いや、下手人の心当たりはない」

慌てて、糸川が言った。

「野宮どの、殺された原島どのは、どんな事件の探索に当たっていたのだ」

市之介が、糸川に代わって訊いた。

野宮は、話していいものかどうか迷ったようだが、

「米問屋のあるじと手代が殺された件だ」

と言った後、米問屋は浅草茅町二丁目にある美浜屋で、殺されたあるじの名が益右衛門、手代が栄次郎だと話した。

「原島どのは、どこかへ探索に行った帰りか」

さらに、市之介が訊いた。

「はっきりしないが、柳橋かもしれん」

野宮によると、殺された益右衛門は得意先との商談のため、柳橋の料理屋で飲んだ帰りに殺されたらしいという。

「その料理屋は」

市之介が訊いた。

「原島どのから聞いてないので、おれにも分からぬ」

野宮が素っ気なく言った。

「手間を取らせたな」

そう言って、糸川がその場を離れようとすると、

「糸川どの、何か知れたらおれにも話してくれ。何としても、原島どのの敵を討ってやりたい」

野宮が語気を強くして言った。

「承知した。何か分かったら、野宮どのにも知らせよう」

糸川は、市之介たちといっしょにその場を離れた。

6

その日、昼過ぎになって、市之介が縁側に面した座敷で寝転んでいると、廊下を歩く足音がした。

市之介は身を起こし、

……おみつか。

と、つぶやいた。近頃、市之介は足音だけでおみつと分かるようになったのだ。

座敷の前で足音がとまり、障子があいておみつが入ってきた。

「旦那さま、小出《こいで》さまがおみえです」

おみつが、小声で言った。

小出孫右衛門《まごえもん》は、御目付の大草主計に仕える用人だった。小出は大草の使いとして、青井家に来ることが多かった。

「小出どのは、どこに」

市之介が訊いた。

「義母上《ははうえ》といっしょに、客間におられます」

「行ってみるか」

市之介は、小出が自分に用があってきたことは分かっていた。大草が市之介を屋敷に呼ぶとき、小出を使いによこすことが多かったのだ。

市之介は立ち上がると、おみつにつづいて座敷を出た。

客間では、つるが小出と話していた。つるは大草家にいるときから小出を知っていることもあって、青井家で顔を合わせても話が弾むようだ。

「青井さま、お待ちしてました」

小出が、丁寧な物言いをした。

小出はすでに還暦にちかい老齢だったが、矍鑠《かくしゃく》としていた。大柄で赤ら顔、肌には艶があり、皺や肝斑《しみ》も見られなかった。

「市之介、兄上のご用ですよ」

つるが、ふだんと変らないおっとりした声で言った。

「青井さま、それがしとご同行願えますか」

小出が身を乗り出すようにして言った。

「伯父上は、屋敷におられるのか」

市之介が訊いた。

「おられるはずです」

小出によると、大草は下城後すぐに市之介と会いたいので、屋敷に連れてくるよう指示して登城したという。

「伯父上の仰せでは、行かねばならんな」

市之介は、大草の呼び出しを断ることはできなかった。大草家は大身の旗本であり、大草は御目付の要職にあった。それに、青井家で困ったことがあると、伯父である大草は親身になって助けてくれたのだ。

「何の用かな」

市之介は着替えるつもりで、立ち上がりながら訊いた。旗本らしい身装にととのえねばならない。

「それがし、お聞きしておりませんので」

小出が素っ気なく言った。

市之介は居間にもどると、つるとおみつに手伝ってもらい、羽織袴姿に着替えた。そして、小出とともに大草家にむかった。

大草家の屋敷は、神田小川町《おがわまち》にあった。市之介の家から遠くなかった。神田川にかかる昌平橋《しょうへいばし》を渡れば、すぐである。

大草家の屋敷は、大身の旗本屋敷のつづく通り沿いにあった。千石の旗本にふさわしい豪壮な門番所付きの長屋門を構えている。

小出は、市之介を庭に面した書院に案内した。そこは、市之介が大草と話すときに使われることが多かった。

市之介は、座敷で小半刻（三十分）ほど待たされたろうか。廊下を忙しそうに歩く足音がし、障子があいて大草が姿を見せた。

「市之介、待たせたかな」

大草が市之介の顔を見るなり訊いた。

「いえ、来たばかりです」

市之介は、そう言っておいた。

大草は市之介と対座すると、

「おみつは、息災かな」

とすぐに訊いた。

「はい」

「市之介も、そろそろ赤子の顔を見たくなったのではないか」

大草が、声をひそめて訊いた。口許に笑みが浮いている。

「こればっかりは、神様の思し召しですから」

市之介は、素っ気なく言った。

「そうだな」

大草は、それ以上、おみつのことを口にしなかった。

大草は五十過ぎだった。面長で、細い目をしていた。つるに似て、ほっそりとしている。武芸などには縁のなさそうな華奢な体軀だが、市之介にむけられた細い目には、能吏《のうり》らしい鋭いひかりが宿っていた。物言いは静かで、幕府の要職にある者らしい落ち着きがあった。

「実は、市之介に頼みがあってな」

大草が声をあらためて言った。

「どのようなことでしょうか」

「糸川から耳にしたのだが、町方同心が殺されたそうだな」

「はい」

市之介は、現場に出かけたことは口にしなかった。どうせ、糸川から話がいっているとみたのだ。

「下手人は、ふたりらしいな。しかも、ふたりとも武士で剣の腕が立つという」

「そのようです」

市之介も、下手人は剣の遣い手とみていた。

「糸川は、念のためふたりの武士が何者か、探ってみるつもりでいるようだ。わしも、探索にあたるよう指示した。下手人が町方に捕らえられてから、幕臣だったことが知れたのでは遅いからな」

「……」

市之介は、ちいさくうなずいた。

「そこで、市之介に頼みがある」

大草が市之介を見つめ、

「市之介も、糸川たちに手を貸してやってくれ」

と、声をあらためて言った。

「ですが、それがしは目付筋の者ではございません」

市之介は、きっぱりと言った。此度の件の下手人は、剣の遣い手とみていい。命懸けの仕事になる。それに、市之介は非役で、事件と何のかかわりもないのだ。

「市之介が、五百石ほどのお役目につけるよう、いろいろ手を打ってはいるのだが、なかなか難しい」

大草は、市之介に事件の探索を頼むとき、幕府の要職につけるよう尽力していることを口にすることが多かった。

市之介は無言のまま不満そうな顔をした。大草から奉職の話は何度も聞かされたが、一向に実現しなかった。大草は口だけで何もしないのではないか、と疑っているほどだ。

大草は市之介の顔を見て、

「しかたがない。手当てを出そう」

今度は、大草の顔に渋い表情が浮いた。

「お手当てですか」

市之介の顔がやわらいだ。

「どうだな、いつものとおり、百両では」

大草は市之介に仕事を頼むとき、金を渡すことが多かった。仕事に対する報酬という気持ちもあるのだろうが、青井家のやり繰りを慮《おもんぱか》ってのことかもしれない。

「いつもながら、伯父上のお心遣い、青井家一同、終生忘れませぬ」

市之介は大仰な言い方をし、深々と低頭した。

7

市之介が縁側で紅葉した庭木を眺めていると、茂吉がニヤニヤしながら近寄ってきた。

「旦那さま、糸川さまからお聞きしやしたぜ」

茂吉が、市之介の前に立って言った。

「何を聞いた」

「旦那さまは、糸川さまたちとごいっしょに、柳原通りで殺されたふたりの件の調べに当たることになったそうで」

茂吉は腰をかがめ揉み手をしながら言った。

「まァ、そうだ」

「ヘッへへ……。柳原通りに旦那さまとごいっしょして、殺されたふたりの亡骸《なきがら》を見た後、あっしは近所で聞き込んでみたんでさァ」

「そうだったな」

市之介は、その後茂吉から何も聞いていなかった。

「八丁堀の旦那が殺された夜、うろんな武士を見掛けたやつがいたんで」

そう言って、茂吉は顔の笑みを消した。

「下手人を見た者がいるのか」

市之介が身を乗り出して訊いた。

「へい」

「話してみろ」

「ちかごろ、あっしは旦那のために出歩くことが多くて、ちょいと懐が寂しくなりやしてね」

そう言って、茂吉が一歩身を寄せた。旦那さまが、旦那になっている。旗本に仕える中間ではなく、岡っ引きにでもなった気でいるようだ。

「そうだ、茂吉に手当てを渡してなかったな」

市之介は、茂吉に事件の探索を頼むとき、手当てを渡していたのだ。手当てといってもわずかである。

市之介は懐から財布を取り出すと、いつもと同じように、一分銀を二枚茂吉に握らせてやった。

「ヘッへへ……。これで、聞き込みの足も軽くなりやす」

そう言って、茂吉は巾着に一分銀をしまった。

「下手人を見た者がいるそうだな」

市之介が、あらためて訊いた。

「へい、あの夜、夜鷹そばの親爺が、柳原通りを通りかかりやしてね。うろんな二本差しが、八丁堀の旦那と御用聞きの後から歩いていくのを見たそうで」

茂吉が言った。顔から薄笑いが消えている。

「見掛けたのは、ふたりか」

「それが、ひとりだそうで」

「どんな身装だった」

「羽織袴姿で、大小を差し、頰隠し頭巾をかぶっていたそうでさァ」

「頰隠し頭巾だと!」

市之介は、牢人ではないと確信した。牢人なら、顔を隠すのに頰隠し頭巾はかぶらないだろう。それに、武士は羽織袴姿だったという。

「そやつ、原島どのと御用聞きを襲ったひとりだな」

その武士は、もうひとりと、どこかで合流したのではないか、と市之介はみた。

茂吉は得意そうな顔をして、市之介に目をやっていたが、

「旦那、他にも聞き込んだことがありやすぜ」

と、胸を張って言った。

「話してみろ」

「知り合いの御用聞きから聞いたんですがね。原島の旦那と甚八は、あの夜、柳橋に調べにいった帰りに殺されたようでさァ」

「原島どのは、美浜屋という米問屋のあるじの益右衛門と手代の栄次郎が、殺された事件を調べにいった帰りに殺られたのだな」

そのことは、市之介も野宮から聞いていた。

「旦那、よくご存じで」

「まァな。……それで、原島どのたちは柳橋のどこへ行った帰りだ」

市之介は、野宮から原島たちは柳橋からの帰りに襲われたらしいと聞いていたが、どの店に立ち寄ったのか野宮も知らなかったのだ。

「繁田屋《しげたや》でさァ」

「料理屋か」

市之介は念を押した。

「そうでさァ。柳橋でも目を引く大きな店で」

「柳橋へ行って、話を訊いてみるか」

市之介は、屋敷にいるのも飽きていた。それに、これから柳橋に出かけても、繁田屋の者に話を聞く時間はあるだろう。

「旦那、あっしもお供しやす」

茂吉が声を上げた。

市之介は、おみつに、出かけてくる、とだけ伝え、茂吉とふたりで屋敷を出た。

市之介たちは、神田川沿いの通りに出て、東にむかった。浅草橋のたもとを過ぎ、さらに東に歩いた。いっとき歩くと、前方に神田川にかかる柳橋が見えてきた。その先には、大川《おおかわ》の川面がひろがっている。

市之介たちは柳橋近くまで行き、通りかかった土地の者に、繁田屋はどこか訊くと、すぐに知れた。柳橋近くの大川端沿いの道に面しているという。

市之介たちは、柳橋に足をむけた。柳橋が近くなると、料理屋や料理茶屋などが目につくようになった。人通りが急に多くなった。柳橋界隈は、料理屋や料理茶屋などが多いことで知られた賑やかな地である。

市之介と茂吉は、柳橋のたもとに出ると、大川端の道に足をむけた。道沿いには、料理屋や料理茶屋、それに船宿などが目についた。

「繁田屋は、どこかな」

市之介が道沿いに並ぶ店に目をやりながら言った。

「あっしが、訊いてきやしょう」

茂吉が小走りに川上にむかった。

8

茂吉は通りかかった船頭らしい男に声をかけて話を聞いていたが、すぐに市之介のもとにもどってきた。

「繁田屋は、この道を二町ほど行った先のようで」

茂吉は市之介に伝え、自分が先にたって川上にむかった。

二町ほど歩くと、川沿いに大きな料理屋があった。

「旦那、あの店ですぜ」

茂吉が言った。二階建ての大きな店だった。料理屋の多い通りでも目を引く店である。

店の入口の格子戸の脇に、掛け看板があった。「御料理　繁田屋」と書いてある。大勢の客が入っているらしく、二階のあちこちから、嬌声、男の談笑の声、三味線の音などが聞こえてきた。

「話を聞いてみるか」

市之介は茂吉を連れ、格子戸をあけてなかに入った。土間の先が、すぐに板間になっていて、その先に二階に上がる階段があった。左手は帳場になっているらしく、障子がしめてあった。

「だれか、いないか」

市之介が声をかけると、すぐに帳場の障子があいて、色白の年増が姿を見せた。

年増は板間に出てくると、市之介たちの前に座り、

「いらっしゃいませ」

と言って、頭を下げた。客と思ったらしい。

「女将か」

市之介が訊いた。

「そうですが」

女将の顔から笑みが消えた。客ではないと分かったらしい。

「ちと、訊きたいことがあるのだがな」

市之介が声をひそめて言った。

「八丁堀の旦那ですか」

女将の顔に、戸惑うような表情が浮いた。市之介が、八丁堀同心らしい格好ではなかったからだろう。

するると、市之介の脇に立っていた茂吉が、懐から十手を取り出し、

「その筋のお方だよ」

と、低い声で言った。茂吉が手にしている十手は、知り合いの岡っ引きから古くなったのを貰ったものだ。茂吉は探索に歩くとき、岡っ引きと思わせるために十手を懐に忍ばせてくることが多かった。

「ど、どのような、ご用件でしょうか」

女将が、声をつまらせて訊いた。

「この店からの帰りに、美浜屋の益右衛門と栄次郎が殺されたことは、知っているな」

市之介はふたりの名を出した。繁田屋には、八丁堀同心や岡っ引きたちが話を聞きにきているはずなので、ふたりの名を出せば、市之介たちが何のために来たか分かるはずである。

「は、はい」

女将は何も訊かずにすぐに答えた。

「益右衛門は、ここでだれと飲んだのだ」

市之介が訊いた。米問屋のあるじの益右衛門が、手代と飲むはずはない。手代の栄次郎は、お供に過ぎないだろう。

「米屋さんと、いっしょでした」

女将によると、益右衛門は米の卸先の米屋のあるじをふたり呼んで、酒席を持ったという。

「その米屋の名は分かるか」

「同じ茅町にある田川屋《たがわや》さんと笹野屋《ささのや》さんですよ」

女将によると、田川屋と笹野屋は茅町二丁目にあり、界隈では名の知れた大きな米屋だという。

「そうか」

市之介はいっとき口をとじて黙考していたが、この店に話を訊きにきた八丁堀同心の原島と岡っ引きの甚八が、柳原通りで何者かに殺されたことを話し、

「殺された原島どのたちは、ここに美浜屋のあるじと手代が殺された件で調べにきたのだな」

と、念を押すように訊いた。

「そうです」

「原島どのは、どんなことを訊いた」

「いま、旦那が訊いたのと同じようなことです。それに、美浜屋さんの商売敵を知ってるかとも訊かれました」

「商売敵な。……それで、女将は美浜屋の商売敵の店を教えたのか」

「いえ、わたし、商売敵の店のことは知りませんので、そうお答えしました」

「そうか」

市之介は、美浜屋で商売敵のことを訊いてみようと思った。

「ところで、女将、この店に武士がふたり立ち寄って、原島どのたちのことを訊かなかったか」

市之介は、原島たちを襲ったふたりの武士を念頭において訊いたのだ。

「訊かれました」

「どんな武士だ。牢人体か」

市之介は身を乗り出して訊いた。

「いえ、ふたりとも羽織袴姿で、牢人のようには見えませんでした」

「それで、ふたりは女将にどんなことを訊いたのだ」

市之介は、そのふたりの武士が原島たちを襲ったとみた。ふたりは、原島の動きを探った上で、待ち伏せしたのではあるまいか。

「八丁堀の旦那は、何を調べに来たのか、と訊かれました」

女将によると、ふたりの武士も、原島と同じように美浜屋のことを口にしたので、身装はちがうが町方の者とみて訊かれたことを話したという。

市之介は、無言でうなずいた。やはり、ふたりの武士は原島の動きを探った上で、柳原通りで待ち伏せしたようだ。

市之介と茂吉は繁田屋を出ると、米問屋の美浜屋にむかった。美浜屋は茅町二丁目の日光街道沿いにあった。浅草御蔵《おくら》に近いので、札差の店である蔵宿が目に付き、米問屋や米屋などの大店《おおだな》もあった。

美浜屋は店をひらいていたが、出入りする客はすくなく、何となく活気がなかった。あるじの益右衛門と手代の栄次郎が殺されて間がないせいだろう。

市之介と茂吉が店に入ると、手代が対応に出た。すると、茂吉が、

「お連れしたのは、お上の方だ」

と言って、十手を見せた。市之介のことを、八丁堀同心と思わせるためである。

「訊きたいことがある。番頭はいるか」

市之介が訊いた。あるじの益右衛門が殺されたばかりだったので、番頭から話を訊くことにしたのだ。

「お、お上がりになってください」

手代は、市之介と茂吉を帳場の奥の小座敷に案内した。

市之介と茂吉が小座敷に腰を下ろしていっときすると、手代が番頭らしい初老の男を連れてきた。

初老の男は座敷に座ると、「番頭の栄蔵《えいぞう》でございます」と名乗ってから、

「どのような御用でしょうか」

と、顔をこわばらせて市之介に訊いた。

「町方の原島という同心が殺されたのを知っているな」

市之介は、原島の名を出した。

「は、はい」

「原島は、あるじの益右衛門と同じ下手人の手にかかったとみている」

「さ、左様でございますか」

栄蔵は、声を詰まらせた。

「何としても、下手人を捕らえたい。このままでは、益右衛門も手代も浮かばれまい」

「て、てまえたちも、同じ気持ちです」

栄蔵が、市之介に縋《すが》るような目をむけた。

「そこで訊きたいことがある。この店の商売敵の米問屋を教えてくれ」

「商売敵……」

栄蔵は虚空に目をとめていたが、

「岸田屋《きしだや》さんでしょうか」

と、声をひそめて言った。

栄蔵によると、岸田屋は浅草森田町《もりたちょう》にあるという。森田町は、浅草御蔵の前の日光街道沿いにひろがっている。

美浜屋と岸田屋は界隈では名の知れた米問屋で、先々代のころから商いを競っていたという。

市之介はうなずいた後、

「ところで、うろんな武士が、この店に来たことはないか」

と、訊いた。益右衛門と手代を襲ったふたりの武士を念頭において訊いたのだ。

「店にきたことは、ございません。……ただ、店の者が、ふたり連れの武士が、店を覗いているのを見掛けたことはございます」

栄蔵が言った。

「どんな武士だった」

「それが、ふたりとも笠をかぶっていたので、顔は見えなかったそうです」

「身装は」

「羽織袴姿で、大小を差していたようです」

「そうか」

市之介は、そのふたりが、原島たちを襲った下手人とみた。

「何としても、益右衛門と手代を殺した下手人は、捕らえるつもりだ」

市之介はそう言い置いて、腰を上げた。

市之介と茂吉は美浜屋を出ると、日光街道を北にむかい、森田町まで行ってみた。

「旦那、あの店ですぜ、岸田屋は」

茂吉が通りの店を指差して言った。

なるほど、美浜屋と同じように大きな米問屋だった。ただ、立ち寄って話を聞いた美浜屋とはちがって、活況があった。客らしい男や奉公人が頻繁に出入りし、米俵を積んだ大八車が店の脇に並んでいる。

「今日のところは、これで帰るか」

市之介は、岸田屋を探るのは、明日からだ、と思った。

第二章　殺し人

1

「岸田屋のことは、おれも耳にしている」

糸川が言った。

「おれは、美浜屋の益右衛門と手代が殺された件に、岸田屋もかかわっているとみているのだ」

そう言ってから、市之介は手にした猪口をかたむけた。

市之介、糸川、佐々野の三人は、神田佐久間町《さくまちょう》の神田川沿いにある笹川《ささがわ》にいた。笹川は市之介たちが贔屓《ひいき》にしているそば屋である。

昼過ぎから三人は笹川の小座敷に集まり、これまで探ったことを酒を飲みながら話し始めたのだ。

「おれも、そうだ」

糸川が言うと、脇にいた佐々野がうなずいた。

糸川と佐々野も、柳橋の料理屋の繁田屋で話を聞き、岸田屋のことを知ったらしい。

そのとき、黙って市之介と糸川のやり取りを聞いていた佐々野が、

「それにしても、ふたりの武士は美浜屋とは何のかかわりもないのに、益右衛門と手代を手にかけたのは、どうしてですか」

と、市之介たちに目をやって訊《き》いた。

「おれは、岸田屋のあるじの嘉蔵《よしぞう》に頼まれて殺《や》ったとみている」

市之介は、栄蔵から岸田屋のあるじの名も聞いていたのだ。

「おれもだ」

糸川はそう言って、手にした猪口の酒を飲み干した。

「青井どの、岸田屋の嘉蔵が、ふたりの武士に美浜屋の益右衛門の殺しを頼んだとみているのですか」

佐々野が訊いた。佐々野は、市之介の妹の佳乃を嫁にもらっていたが、仕事の

場では義兄上《あにうえ》ではなく、青井どのと呼んでいた。市之介も、佐々野と呼ぶ。

「そうみている」

市之介が言った。

「なぜです」

「確かなことは、何も分かっていないのでな、これから調べねばならないが、岸田屋は商売敵の美浜屋を何とかしたいと思っていたはずだ」

「それで、嘉蔵が殺しをふたりの武士に頼んだとみたのですか」

佐々野が昂《たかぶ》った声で訊いた。

市之介はすこし間をとってから、

「まァ、そうだ」

と言って、銚子の酒を猪口についだ。

「すると、ふたりの武士は金ずくで、殺しを引き受けたのか」

佐々野が驚いたような顔をした。

「そうみていい」

糸川が低い声で言った。双眸《そうぼう》が、鋭いひかりを宿している。

「ふたりの背後には、元締のような男がいるのではないかな。殺したふたりが、依頼人と会っていたとは思えん」

　市之介には、殺しを実行する殺し人の背後に、元締のような黒幕がいるのではないかとの思いがあった。

「いずれにしろ、容易な相手ではないぞ」

　糸川が言った。

　次に口をひらく者がなく、小座敷は重苦しい沈黙につつまれていたが、

「ともかく、原島どのと岡っ引きを手にかけたふたりの武士の居所をつきとめて、捕らえるしかないな」

　と、市之介が言った。

「ふたりを手繰る糸口は」

　糸川が訊いた。

「糸口は岸田屋だが、確かな証しは何もない。岸田屋の嘉蔵がふたりの武士と会ったことも、こちらの憶測だけだ。嘉蔵に会って問い質《ただ》しても、存じません、と言われれば、それまでだな」

　市之介は、何か手掛かりをつかんだ後でなければ、岸田屋へ行って話を訊くこともできないと思った。

「岸田屋の嘉蔵が、ふたりの武士と会ったことがはっきりすれば、話を訊くことができるのではないですか」

佐々野が身を乗り出して言った。

「そうだな」

「嘉蔵が自分の店で、ふたりの武士と会ったとは思えません。店の奉公人や客の目にとまります。嘉蔵がひそかに会ったとすれば、どこだと思いますか」

佐々野が、市之介と糸川に目をやって訊いた。

「まず、考えられるのは柳橋界隈か、浅草辺りの料理屋だな」

市之介が言うと、

「おれも、柳橋界隈の料理屋とみるな」

と、糸川が言い添えた。

「手分けして、柳橋界隈をあたってみませんか。岸田屋の嘉蔵が、ふたりの武士と会ったことがはっきりすれば、嘉蔵を押さえることができるはずです」

「うむ……」

市之介は、むずかしいと思った。嘉蔵が殺しを依頼したとしても、人目につく料理屋などで殺し人と直接会って話すような無謀なことはしないはずだ。相手は武士であり、岸田屋のあるじが直接会って話せば、店の者の目を引く。

「いずれにしろ、嘉蔵は、殺し人ではなく手引き役の者に会っているのではないかな。会うとすれば、自分の店ではなくどこかの料理屋だな」

糸川が言った。

「そうだな。とりあえず柳橋界隈の料理屋をあたってみるか」

市之介は、料理屋をまわって訊けば、嘉蔵が贔屓にしている料理屋はつきとめられるかもしれないと思った。

「明日、三人で柳橋へ行くか」

糸川が言うと、市之介と佐々野がうなずいた。

それから三人は残った酒を飲み、そばをたぐってから笹川を出た。

陽は西の家並のむこうに沈みかけていた。神田川沿いの通りは、ぼてふり、仕事を終えた大工、供連れの武士、雲水など、様々な身分の者が行き交っていた。

2

翌朝、市之介は茂吉を連れて柳橋にむかった。聞き込みにあたる前に、糸川と佐々野のふたりに柳橋のたもとで会うことになっていたのだ。

柳橋のたもとまで行くと、神田川の岸際に糸川と佐々野の姿があった。先に来て待っていたらしい。

市之介は糸川たちと顔を合わせると、

「どうだ、手分けして聞き込んでみないか」

すぐに、言った。三人でまとまって歩くより、手分けした方が岸田屋の嘉蔵が贔屓にしている料理屋をつきとめやすいとみたのである。

「そうしよう」

糸川も同意し、一刻（二時間）ほどしたら、また柳橋のたもとに集まることにし、三人は三方に分かれた。

「茂吉、どこへ行く」

市之介が、手先のような顔をして立っている茂吉に訊いた。

「旦那、神田川沿いを行ってみやすか」

茂吉が神田川沿いの通りに目をやって言った。そこは人通りが多かった。料理屋や料理茶屋などもありそうだ。

「行ってみよう」

市之介と茂吉は、神田川沿いの道を西にむかった。

いっとき歩くと、川沿いに料理屋や料理茶屋などが目についた。

「店に立ち寄って、話を聞いてみるか」

市之介は、岸田屋ほどのあるじになれば、名を知っている者もすくなくないとみた。

市之介と茂吉は、川沿いにあった料理屋に立ち寄り、米問屋、岸田屋のあるじである嘉蔵のことを訊いてみた。

対応に出た料理屋のあるじや女将は岸田屋を知っていたが、嘉蔵のことまでは知らなかった。

「岸田屋さんが、店にみえたことはありませんが」

あるじや女将は、すぐに答えた。

市之介たちは、さらに川沿いを歩き、目についた料理屋や料理茶屋などに立ち寄って話を聞いてみたが、どの店も嘉蔵が客として来たことはないとのことだった。

すでに、ふたりは前方に神田川にかかる浅草橋の見える地まで来ていた。この辺りは、茅町一丁目近くである。

「駄目だな。嘉蔵の来た店は、この辺りではないのかもしれん」

市之介が川岸に足をとめ、「柳橋のたもとに、もどるか」と言ったとき、

「旦那、この先にも大きな料理屋がありやすぜ」

と、茂吉が通りの先を指差して言った。

「あるな」

市之介が気のない声で言った。どうせ、嘉蔵が客として来た店ではないだろうと思ったのだ。

「ようがす。あっしが、訊いてきやす。旦那は、ここで一休みしていてくだせえ」

茂吉はそう言い残し、目にとまった料理屋にむかった。

市之介はひとりでもどるわけにもいかず、岸近くに立ったまま茂吉がもどるのを待った。

茂吉はひとりで、料理屋の入口から店に入った。

茂吉は、なかなか店から出てこなかった。

……先に、橋のたもとにもどるか。

市之介がそう思い始めたとき、料理屋の入口に茂吉があらわれた。茂吉は小走

りにもどってきた。

「茂吉、何か知れたか」

すぐに、市之介が訊いた。

「へい、嘉蔵は福田屋《ふくだや》に客としてきたそうですぜ」

茂吉が、料理屋の名は福田屋だと言い添えた。

「だれと来た」

「それが、店の女将も女中も、嘉蔵といっしょに飲んだ客の名を聞いてねえんでさァ」

「その客は町人か、それとも武士か」

市之介が訊いた。

「年配の町人で、料理屋のあるじのような感じがしたそうですぜ」

「嘉蔵は、料理屋のあるじのような男とふたりだけで飲んだのか」

「三人だと言ってやした」

茂吉が女将から聞いた話によると、年配の町人は若い遊び人ふうの男を連れてきていて、三人で飲んだという。

「若い遊び人のような男な」

市之介は、何者か分からなかった。

「それに、気になることを耳にしやした」

茂吉が声をあらためて言った。

「気になるとは」

「岡っ引きが、二度も福田屋に話を訊きにきたそうでさァ」

「嘉蔵のことを訊きにきたのか」

「そうらしいんで」

「町方も、嘉蔵に目をつけて探っているようだな」

市之介は、野宮が手札を渡している岡っ引きではないかと思った。

「茂吉、橋のたもとにもどるぞ」

市之介と茂吉は、急いで柳橋へもどった。すでに、一刻は過ぎているだろう。

橋のたもとに、糸川と佐々野の姿があった。市之介を待っているらしい。

「待たせたか」

市之介が、糸川と佐々野に目をやって言った。

「いや、おれたちも来たばかりだ。ところで、何か知れたか」

糸川が訊いた。

「知れた。茂吉が聞き込んできたのだ」

市之介はそう前置きし、嘉蔵が福田屋という料理屋で、年配の町人と会っていたことを話し、

「年配の男は、遊び人ふうの男を連れていたそうだ」

と、言い添えた。

「嘉蔵が会っていたのは、殺し人の元締ではないか」

糸川が言った。

「おれも、そんな気がするが、まだ何とも言えないな」

岸田屋の得意先だったかもしれない、と市之介は思った。ただ、年配の男が、遊び人ふうの男を連れてきたことが気になった。商家のあるじなら、番頭か手代を連れてくるのではあるまいか。

「おれも佐々野も、嘉蔵のことは何もつかめなかった」

糸川はそう言ってから、

「町方も動いているらしく、岡っ引きが嘉蔵のことで聞き込みにまわっているようだぞ」と、言い添えた。

「その話なら、茂吉も聞き込んできたよ」

市之介が、茂吉の話を伝えた。

「町方も、嘉蔵に目をつけたようだな」

糸川がつぶやくような声で言った。

3

「旦那！　旦那」

と、呼ぶ茂吉の声が聞こえた。縁先にいるらしい。

座敷にいた市之介は、すぐに身を起こした。茂吉は屋敷内で市之介を呼ぶときは、旦那さまが多かったが、初めから旦那と呼んだ。それに、ひどく慌てている。何かあったとみていい。

市之介が障子をあけて縁側に出ると、

「旦那、又造《またぞう》が殺られやした！」

と、声高に言った。

「だれだ、又造という男は」

市之介は初めて聞く名だった。

「野宮の旦那が使っている御用聞きでさァ」

「柳橋で嘉蔵のことを探っていたのは、その男ではないか」

「そうでさァ」

「殺されたのは、どこだ」

「ゆうべ、茅町で殺られたようで」

茂吉が、現場は茅町一丁目の神田川沿いの通りだと言い添えた。

「ゆうべか」

市之介たちが、柳橋界隈に聞き込みにまわってから二日経っていた。この間も又造は柳橋界隈に嘉蔵のことを探りに行き、その帰りに殺されたのではあるまいか。

「茂吉、戸口で待て。すぐに行く」

市之介は、縁側から座敷にもどった。

そこへ、おみつとつるが慌てた様子で座敷に入ってきた。市之介と茂吉の声が聞こえたのかもしれない。

「旦那さま、どうされました」

おみつが、うわずった声で訊いた。

「おまえ、何かあったのかい」

つるの声にも、いつもとちがう高いひびきがあった。

「伯父上に頼まれた件で、すぐに行かねばなりません」

市之介は、座敷の刀掛けにあった大小を手にした。

「どこへ、行かれます」

おみつが、市之介の後についてきながら訊いた。おみつまで、慌てている。

「浅草茅町だ。糸川どのたちもいっしょだ」

市之介は、玄関にむかいながら言った。

おみつとつるは、玄関まで来て足をとめ、

「旦那さま、気をつけて」

「市之介、危ないことをしてはいけないよ」

ふたりはそう言って、市之介を送りだした。

屋敷を出た市之介は、神田川沿いの道にむかいながら、

「場所は、分かるのか」

と、茂吉に訊いた。

「浅草橋の先だと聞きやした」

茂吉によると、茅町にむかう顔見知りの岡っ引きから話を聞いたという。

「ともかく、茅町まで行ってみよう」

市之介と茂吉は、神田川沿いの道を東にむかった。

「旦那、あそこに」

茂吉が指差した。

見ると、神田川沿いの道に人だかりができていた。町人や武士に交じって、八丁堀同心の姿もあった。

「糸川どのたちもいる」

市之介は人だかりのなかに糸川と佐々野の姿を目にした。

「野宮の旦那もいやす」

茂吉が言った。

市之介と茂吉が人だかりに近付くと、糸川が「ここだ」と言って手を上げた。人だかりのなかに、野宮の姿があった。野宮は強張《こわば》った顔で、足元に目をやっている。そこに、又造の死体があるようだ。

市之介が糸川に近付くと、

「殺されたのは、又造という男だ」

と、小声で言った。

「野宮どのが、使っている手先ではないか」

市之介が訊いた。

「そうらしい」

「嘉蔵を探っていた男だぞ」

「殺し人の手にかかったようだ」

糸川が顔をしかめた。

「ともかく、死体《ほとけ》を拝んでくるか」

そう言って、市之介は野宮に近付いた。

市之介につづいて、糸川と佐々野も野宮のそばに身を寄せた。茂吉だけは、市之介の背後に控えている。

野宮は市之介たちに気付くと、

「おぬしたちか。見てくれ。又造だ」

そう言って、足元を指差した。

又造は、仰向けに倒れていた。顔から胸にかけて、どす黒い血に染まっている。

「これは！」

思わず、市之介は声を上げた。

又造は、頭を斬り割られていた。顔は赭黒《あかぐろ》く染まり、ひらいた額の傷口から白い頭骨が覗いていた。

「原島どのと同じ傷だ！」

糸川が声高に言った。

「又造は、同じ下手人の手にかかったようだ」

野宮の顔は、いつになく厳しかった。

4

市之介は人だかりから離れると、

「茂吉、この近くで聞き込んでみろ。又造が殺されたところを見た者がいるかもしれん」と、小声で茂吉に指示した。

「承知しやした」

茂吉は目をひからせて市之介から離れた。岡っ引きにでもなったつもりでいる。

市之介は糸川と佐々野に身を寄せ、

「下手人はふたり組の武士らしいが、何者かな」

と、声をひそめて言った。

「牢人でなければ、幕臣ということになるな。剣の腕がたち、眉間を斬り割るという特異な剣を遣うようだ。それに、町方であろうと武器を持たない町人であろうと、平気で斬る。……青井、心当たりはないか」

糸川が訊いた。

「ない、まったく」

市之介は、眉間を斬り割る剣を遣う者の噂を耳にしたこともなかった。

「早く捕らえないと、さらに町方から犠牲者がでるぞ」

「町方だけではない。次は、おれたちを狙ってくるかもしれん」

市之介が言った。ふたり組の武士は、事件の探索にあたっている者が自分たちに迫ってくれば、相手はだれであろうと襲うのではあるまいか。

「何か手を打たねばな」

糸川が顔を厳しくした。

それから、市之介たちは野宮から話を訊いたり、付近にあった店に立ち寄ったりして話を訊いたが、又造を殺した者をつきとめる手掛かりになるような話は聞けなかった。

市之介たちが引き上げようとしたとき、茂吉が足早にもどってきた。

「何か知れたか」

すぐに、市之介が訊いた。

「へい、昨夕、又造が斬られるところを見たやつがいやした。やっぱり、下手人は武士のようでさァ」

茂吉が話したことによると、昨夕、現場近くを船宿の船頭が通りかかり、又造が羽織袴姿の武士に斬られるのを目にしたという。

「やはり、原島どのを斬った男だな」

市之介が、浅草橋の方に足をむけながら言った。今日のところは、自分の屋敷に帰るつもりだった。糸川と佐々野も、いっしょに川沿いの道を西にむかった。

人だかりから離れたところで、

「気になることがあるんですがね」

と、茂吉が市之介に身を寄せて言った。

「なんだ、気になるとは」

「御用聞きたちが、動かねえんで」

茂吉によると、殺しの現場を離れた岡っ引きや下っ引きたちが、聞き込みにあたっていないという。

「どういうわけだ」

市之介が、茂吉に目をやって訊いた。

「みんな怖がってるんでさァ。次は、おれの番かも知れねえと腹のなかで思ってるにちげえねえ」

「そうかもしれん」

市之介は、岡っ引きたちの気持ちも分かった。事件を探っていた町方同心の原島と岡っ引きの甚八が殺され、つづいて又造が同じ下手人の手にかかって死んだのだ。それも、眉間を斬り割られるという無残な死に方である。岡っ引きたちが、下手人を恐れて探索に尻込みするのも無理はなかった。

糸川と佐々野も、茂吉の話を聞いていたが、ちいさくうなずいただけで何も言わなかった。

市之介たちは又造が殺された現場から離れ、神田川沿いの道を西にむかって歩いた。四人とも気が重いらしく、沈んだ顔をしていた。

「このまま手を引いたら、向こうの思う壺だな」

市之介が言った。

「だが、下手に動くことはできん。かといって、大勢がいっしょに歩きまわったのでは、聞き込みもできんしな」

糸川がつぶやくような声で言った。

「どうだ、やつらがおれたちを狙うなら、それを逆手にとるか」

市之介の声が急に大きくなった。

「逆手とは」

糸川、佐々野、茂吉の目が、市之介にむけられた。

「誘《おび》き出すのだ。おれが、囮《おとり》になる」

市之介が、茂吉とふたりで茅町界隈で聞き込みにまわり、夕方人気《ひとけ》のない神田川沿いの通りを歩くことを話した。

「あっしも、いっしょですかい」

茂吉が不安そうな顔をした。

「心配するな。糸川たちが何人もで身を潜めていて、ふたりの武士があらわれたら取り囲んで捕らえるのだ」

市之介がそう話すと、

「あまり気が進まないな」

糸川が気乗りのしない顔をして言った。

「他にいい手があるか」

「ないが……」

糸川がいっとき思案顔で歩いていたが、

「それしかないか」

と、仕方なさそうにうなずいた。

その日、市之介たちは、それぞれの家に帰った。翌日の午後、市之介は茂吉を連れて茅町に足をむけた。

ふたりは、昨日と同じ身支度だった。神田川沿いの通りに出ると、市之介が和泉橋のたもとに目をやった。

……いる！

橋のたもとの岸際に、三人の男が立っていた。三人とも町人体の格好をし、菅笠を手にしている。糸川と佐々野、それに糸川の配下の西宮《にしみや》という御小人目付である。菅笠は顔を隠すために用意したらしい。

市之介は無言でうなずいただけで、茅町の方へむかった。糸川たち三人は、半町ほど間をとって歩きだした。

5

市之介と茂吉は、浅草橋のたもとを過ぎて茅町一丁目に入ると、柳橋近くまで足を伸ばし、殺された又造が聞き込みに歩いたと思われる通りを中心に歩き、料理屋や料理茶屋などに立ち寄って話を聞いた。実際に又造が立ち寄った店もあり、又造が何を訊いたか話してもらったが、下手人をつきとめる手掛かりになるような話は聞けなかった。

茂吉は不安そうな顔で時々後ろを振り返ったり、料理屋の脇などに目をやったりした。尾行者はいないか探したようだが、下手人らしい武士の姿は見掛けなかった。

「旦那、やつら、襲ってきやすかねえ」

茂吉が不安そうな顔をして訊いた。

「くるな。きっとくる」

原島たちを襲ったふたりの武士は、かならず姿をあらわす、と市之介はみていた。

その日、市之介と茂吉は、陽が沈んでからも聞き込みにあたったが、それらしい武士は姿を見せなかった。

翌日も、市之介たちは茅町にきた。糸川たち三人も町人体に身を変えて、昨日と同じように市之介たちとは離れた場所で目を配っている。

市之介と茂吉は、神田川沿いの道を歩いていた。道沿いには店屋が並び、料理屋もあった。人通りの多い日光街道や柳橋から流れてきた客が多いようだ。

市之介と茂吉は、又造が殺された現場近くで聞き込みをした帰りだった。背後から、糸川、佐々野、西宮の三人が、市之介たちの仲間と気付かれないように離れて歩いてくる。

賑やかな浅草橋のたもとを過ぎると、急に人通りがすくなくなり、神田川沿いの道は寂しくなった。

暮れ六ツ（午後六時）を過ぎていた。陽が西の家並のむこうに沈み、神田川沿いに植えられた柳の樹陰に夕闇が忍び寄っていた。神田川の川面は黒ずみ、さらさらと浅瀬を流れる音が聞こえてくる。

前方に神田川にかかる新《あたら》シ橋が見えてきた。日中は、橋を行き来する人が絶えないのだが、いまは人影がなかった。

「旦那、いやに寂しくなってきやしたね」

茂吉が心細そうに言った。

「今日あたり、出そうだな」

市之介が道沿いの物陰に目をやりながら言った。

「脅かさねえでくだせえ」

「出てくれなければ、困るのだ。いつまでも、こうやって無駄足を踏んでるわけにはいかないからな」

そう言ったとき、市之介は前方の柳の樹陰に、人影があるのを目にとめた。だが、武士かどうかも分からない。

市之介は、歩調を変えずに近付いた。樹陰にいるのは武士だと分かった。二刀を差している。

「茂吉、出たようだぞ」

市之介が低い声で言った。

「ど、どこに！」

茂吉が声をつまらせて訊いた。

「柳の陰だ」

市之介はそう言ったが、樹陰にいる武士が原島たちを襲ったふたりかどうか、はっきりしなかった。それに、ひとりである。

「野郎、ふん捕まえてやる」

茂吉が勢い込んで言った。ひとりとみて、急に勢いづいたようだ。

「おい、もうひとりいるぞ」

市之介は、通り沿いの表戸をしめた店の脇に人影があるのを目にとめた。樹陰にいる武士より、だいぶ手前である。

ふたりは、市之介たちが店の前を通り過ぎたら同時に飛び出して、前後から襲うつもりらしい。

「ど、どうしやす」

茂吉が体を震わせて訊いた。

「気付かれないように、そのまま歩け。ふたりが飛び出してきたら、話したとおりにおれといっしょに川岸へ立つのだ」

「へ、へい」

「糸川たちも気付いたようだ」

見ると、後ろから来る糸川たちの足が速くなっている。

市之介と茂吉は、すこし歩調をゆるめて歩いた。糸川たちが近付くのを待ったためである。

市之介たちは、人影のある店の脇を通り過ぎた。そのとき、前方の柳の陰から人影が通りに出てきた。

大柄な武士だった。羽織袴姿で二刀を帯び、頬隠し頭巾をかぶっている。

……こやつだ！

市之介は、原島や又造を斬った武士と確信した。

そのとき、店の脇からも別の武士が通りに出てきた。やはり、頬隠し頭巾をかぶっていた。中背で、二刀を帯びている。

「茂吉！　川岸へ」

市之介は声をかけ、神田川の岸際へ走った。背後から襲われるのを避けようとしたのだ。すぐに茂吉がつづき、市之介の脇に立った。

そこへ、左右からふたりの武士が走り寄った。そして、大柄な武士が市之介の前に立ち、茂吉の前には中背の武士がまわり込んだ。

ふたりの武士は、刀の柄に右手を添えたが、すぐに抜かなかった。

「何者だ！」

市之介が誰何《すいか》した。

大柄な武士は、無言のまま抜刀した。長刀である。刀身が三尺ちかくありそうだった。その刀身が、夕闇のなかで青白くひかっている。

市之介も抜いたが、すぐに構えなかった。まだ、大柄な武士との間合は三間ほどあった。一足一刀の斬撃の間境《まざかい》の外である。

「てめえら、お上に逆らう気か！」

茂吉が声を上げ、懐から十手を取り出した。

前に立った中背の武士は何も言わなかったが、笑ったらしく目が細くなった。そして、ゆっくりとした動作で、刀を抜いた。中背の武士の刀は、市之介と同じように二尺四寸ほどだった。定寸らしい。

「かかったな」

市之介が低い声で言った。

「なに！」

大柄な武士の動きがとまった。そして、一歩身を引いて間合をとってから、通りの左右に目をやった。

6

糸川、佐々野、西宮の三人が、駆け寄ってくる。三人はいずれも町人体だが、すでに抜き身を手にしていた。三人の手にした刀が青白くひかっている。

「仲間か！」

大柄な武士が声を上げた。

「後ろの三人、武士だぞ！」

中背の武士が、叫んだ。糸川たちが手にしているのが長脇差ではなく刀とみて、武士と思ったらしい。

「おれたちをおびき出すための罠か」

大柄な武士はすこし間合をつめてから、刀身を振り上げた。

上段に構えると、両手を高くとって切っ先を背後にむけた。すると、長い刀身が見えなくなった。市之介に見えるのは、刀の柄頭だけである。

「この構えは！」

思わず、市之介が声を上げた。

「上段霞……」

武士が、くぐもった声で言った。

すかさず、市之介は青眼《せいがん》に構えた切っ先を大柄な武士の左拳につけた。上段に対応する構えである。

武士の視線が揺れた。市之介の隙のない構えを見て、遣い手と察知したらしい。だが、武士は無言だった。市之介にむけられた双眸に強いひかりが宿り、全身に斬撃の気が満ちている。

このとき、中背の武士は青眼に構えて茂吉との間合を狭め始めた。中背の武士も、糸川たちが近付く前に茂吉を仕留めようとしたようだ。

「きやがった！」

茂吉は声を上げ、手にした十手を中背の武士にむけたが、その十手がわなわなと震えていた。

「待て！」

糸川が走りながら声を上げた。三人の足音が近付いてくる。

そのとき、突然、大柄な武士が動いた。糸川たちが近付く前に、市之介を斬ろうとしたらしい。

大柄な武士が、一足一刀の斬撃の間境に迫ってきた。全身に斬撃の気が満ち、市之介の目に武士の体がさらに大きくなったように映った。

市之介は、動かなかった。気を静めて大柄な武士との間合を読み、斬撃の気配をうかがっている。

ふいに、武士の寄り身がとまった。まだ、一足一刀の斬撃の間境の外である。だが、武士の全身に斬撃の気配が高まってきた。

……この遠間《とおま》からくる！

市之介が頭のどこかで思った瞬間だった。

大柄な武士の全身に斬撃の気がはしり、その体が膨れ上がったように見えた。

……くる！

市之介は頭のどこかで感じた。

イヤアッ！

大柄な武士が裂帛《れっぱく》の気合を発し、斬り込んできた。

上段から真っ向へ——。稲妻のような斬撃である。

刹那、市之介は右手に跳んだ。大柄な武士の斬撃は受けきれないと察知し、体が反応したのだ。

刃唸りをたてて、大柄な武士の長い刀身が、市之介を襲った。だが、その切っ先は、市之介の左袖を切り裂いただけだった。一瞬、市之介が右手に跳んだので、武士の斬撃をまぬがれたのだ。

市之介は右手に逃れたが、無理な動きだったので体勢がくずれていた。そのため、市之介は大柄な武士に斬り込むことができなかった。

ふたたび、市之介と大柄な武士は大きく間合をとって対峙《たいじ》した。大柄な武士は上段にとり、市之介は青眼に構えた。

そのとき、中背の武士が、茂吉に斬り込んだ。

踏み込みざま袈裟《けさ》へ——。

ワッ、と声を上げ、茂吉が後ろへ逃げた。

と、茂吉の姿が掻き消え、神田川の川面から水しぶきが上がった。茂吉は後ろへ逃げたとき、足を踏み外して川に落ちたのだ。

中背の武士が市之介に近寄ろうとしたとき、糸川たち三人の足音が迫り、「斬れ！　ふたりを斬れ！」と叫ぶ糸川の声が、間近で聞こえた。

「引け！　これまでだ」

大柄な武士が叫び、市之介から身を引いた。そして、間合があくと抜き身を手にしたまま走りだした。

これを見た中背の武士も岸際から反転し、大柄な武士の後を追って逃げようとした。そして、中背の武士は市之介の前を横切った。

「逃がさぬ！」

市之介が一瞬の動きで、逃げる中背の武士に斬りつけた。

背後から袈裟へ――。

ザクリ、と中背の武士の肩から背にかけて裂けた。傷口から血が噴き、武士は呻《うめ》き声を上げてよろめいた。

市之介は走り寄った糸川たちに、

「そいつを頼む！」

と声をかけ、川岸に走り寄った。神田川に落ちた茂吉を助けねばならない。

川面に、茂吉の姿がなかった。夕闇のなかに、黒ずんだ川面が無数の波の起伏を刻んで流れている。聞こえてくるのは、神田川の流れの音だけだった。

市之介は岸際に立ち、「茂吉！」と叫んだ。すると、足元で、

「旦那、ここにいやす！」

と、茂吉の声が聞こえた。

市之介が足元に目をやると、茂吉が川の中に立っていた。腰の辺りまで、水に浸かっている。

「そこの船寄《ふなよせ》に上がれ」

市之介が声をかけた。すこし下流に、ちいさな船寄があった。そこまで行けば、船寄から上がれる。

そのまま川岸を這い上がれないこともないが、葦や芒《すすき》を掻き分けて上がるより船寄へ下りる石段を使った方が楽だろう。

7

市之介が糸川たちのそばにもどると、中背の武士が血塗《ちまみ》れになってへたり込んでいた。糸川たちが、武士の頭巾を取ったらしく、苦痛に歪んだ顔が夕闇のなかに浮かび上がったように見えた。二十代半ばであろうか。眉が濃く、頤《あご》が張っていた。剽悍《ひょうかん》そうな面構えである。

「牢人ではないな」

市之介が糸川たちにも聞こえる声で言った。

武士は上目遣いに市之介を見上げたが、無言だった。喘ぎ声が漏れ、体が小刻みに震えている。

……長い命ではない！

と、市之介はみた。武士の出血が激しかった。傷口から血が迸《ほとばし》るように流れ出ている。

「幕臣か」

市之介が訊いた。

「……」

武士は、顔をしかめただけで何も言わなかった。

「おれも幕臣だ。いっしょにいるのは目付筋の者だが、おれは非役だ。縁があって手を貸しているだけだ」

市之介は、目の前にいる武士も非役の幕臣とみてそう言ったのだ。

すると、武士は顔を上げて市之介を見た。何も言わなかったが、いくぶん表情がやわらいだように見えた。

「これ以上、逃げた仲間といっしょに悪事を働く気はあるまい。おれたちが、おぬしを屋敷にとどけてやってもいいぞ。それとも、ここに屍《しかばね》を晒《さら》しておくか」

市之介が武士の目を見つめて言った。

「た、頼む」

武士が喘ぎ声を上げながら言った。

「ならば、訊くことに答えろ。おぬしの名は」

「な、成川弥之助《なるかわやのすけ》……」

「旗本か」

市之介は、覚えのない名だった。

「ご、御家人だ」

「屋敷はどこにある」

「し、下谷、三枚橋《さんまい》の近くだ」

三枚橋は、不忍池《しのばずのいけ》から流れ出した忍川《しのぶがわ》にかかる短い橋である。

「気をしっかり持て。何とか屋敷まで送ってやるから」

市之介はそう言ったが、成川の命は長くないとみていた。屋敷まで送っていくのは無理だろう。

「いっしょにいた武士の名は」

さらに、市之介が訊いた。

成川はすぐに答えず、いっとき黙っていたが、

「き、木梨浅右衛門《きなしあさえもん》どの……」

と、声をつまらせて言った。

「木梨も幕臣だな」

「そ、そうだ」

成川が途切れ途切れに話したことによると、木梨は三百石の旗本で、屋敷は下谷の仲御徒町《なかおかちまち》にあるという。

「仲御徒町のどこだ」

すぐに、市之介が訊いた。仲御徒町はひろい。町名だけでは、屋敷を探すのがむずかしい。

「し、忍川の近くだ」

成川の息が荒くなってきた。体の顫《ふる》えも激しい。

「おぬしたちは、だれに頼まれて美浜屋の益右衛門を襲ったのだ」

市之介が声を大きくして訊いた。

成川はすぐに応えず、顔をしかめて苦しげな喘ぎ声を洩らしていたが、

「ご、権兵衛《ごんべえ》という男だ」

と、声を震わせて言った。

「権兵衛は、殺しの元締ではないか」

市之介が声を大きくして訊いた。

「おれは、知らぬ」

「何者かも知らずに、殺しを引き受けたのか」

「き、木梨どのが、権兵衛から依頼されたらしい」

成川の体の顫えがさらに激しくなってきた。苦しげに顔をゆがめている。

「木梨は、権兵衛と、どこで知り合ったのだ」

すぐに、市之介が訊いた。

「こ、子分が、木梨どのの屋敷に出入りしていたのだ」

「権兵衛の子分が、旗本屋敷に出入りしていたのか」

市之介は、中間《ちゅうげん》か下働きでもしていた男かと思った。

「ちゅ、中間部屋が賭場になっていて……」

「賭場か」

荒れた旗本屋敷の中間部屋で、ひそかに博奕がおこなわれることがあった。木梨の屋敷の中間部屋が、賭場になっていたようだ。木梨は、荒れた暮しをつづけていたにちがいない。

「権兵衛の子分の名は」

「猪助《いすけ》……」

「猪助はどんな男だ」

「頰に刀傷がある」

「刀傷な」

市之介は、顔を見れば猪助と分かるだろうと思った。

「成川、もうひとつ訊きたいことがある。おぬしも、木梨も剣の遣い手だ。どこの道場へ通った」

市之介が、声をあらためて訊いた。成川と木梨は、同門だったのではないかとみたのだ。

「か、鎌倉町《かまくらちょう》の尾上《おがみ》道場」

成川の声が震えた。

「馬庭念流《まにわねんりゅう》か」

市之介は、鎌倉町に馬庭念流の道場があるのを知っていた。道場主は尾上源之《げんの》助《すけ》である。尾上は上州馬庭の地で馬庭念流を修行し、江戸に出て鎌倉町に道場をひらいたと聞いている。

「そ、そうだ……」

成川の体の顫えはさらに激しくなり、口から喘鳴《ぜいめい》が洩れた。

「木梨の遣う剣は、馬庭念流にある刀法か」

市之介が声高に訊いた。

「眉間割りの太刀か」

成川が顔を上げてうなずいた。

「……」

どうやら、上段から頭を斬り割る技は、眉間割りの太刀と呼ばれているらしい。

「き、木梨どのが、工夫した技だ」

成川がそう言ったとき、体の顫えがさらに激しくなった。そして、グッと喉の詰まったような呻き声を洩らし、顎を前に突き出すようにして身を反らせた。次の瞬間、成川の体から力が抜け、ぐったりとなった。

市之介が成川の体を支えてやり、

「死んだ」

と、つぶやいた。

第三章　旗本屋敷

1

神田川沿いの道で成川から話を聞いた翌日、市之介は笹川の小座敷にいた。糸川、佐々野、それに西宮も姿をみせていた。

市之介たちは、とどいた酒を注ぎ合っていっとき飲んだ後、

「さて、どうする」

と、市之介が切り出した。

「岸田屋のあるじの嘉蔵を捕らえて、殺しを頼んだ男を吐かせる手もあるな」

糸川が言った。

「殺し屋の元締を押さえるのか」

市之介が訊《き》いた。

「そうだ」

「嘉蔵は、元締の名も居所も知らないのではないかな。元締が、名や居所を嘉蔵に話したとは思えん」

「そうかもしれん。成川も、元締が権兵衛かどうか知らなかったからな」

糸川は、「嘉蔵は後にするか。いつでも押さえられるからな」とつぶやいて、手にした猪口の酒を飲み干した。

市之介は糸川の猪口に酒を注いでやりながら、

「先に、木梨の屋敷を探ってみたい」

と言って、佐々野と西宮に目をやった。ふたりは、無言でうなずいた。

「木梨の屋敷をつきとめるのは、そうむずかしくないが、木梨が屋敷にいるかどうか分からないぞ」

糸川が言った。

「木梨は屋敷にいないな」

木梨は、成川が屋敷にもどらなければ、捕らえられたとみるはずだ。当然、成川の口から自分のことが知れるとみて、しばらく屋敷から姿を消すのではあるまいか。

「ただ、近所の武家屋敷に奉公する者から話を訊けば、中間《ちゅうげん》部屋の賭場のことも木梨がどんな暮しをしてたかも知れる」

そう言って、糸川が男たちに目をやった。

「おれは、中間部屋に出入りしていた者のなかに、元締の手先か他の殺し人がいるような気がするのだ」

旗本の木梨と殺し人の元締がつながったのは、賭場に出入りしていた者が仲立ちをしたのではないか、と市之介はみた。

「賭場か」

糸川が言った。

「木梨が殺し屋の元締とつながったとすれば、その賭場に出入りしていた者が間に入ったとみていいのではないか」

「そうかもしれん」

糸川が言うと、佐々野と西宮もうなずいた。

翌日、市之介たち五人は、木梨や中間部屋に出入りする者に正体が知れないように身装《みなり》を変えて仲御徒町にむかった。

市之介は、牢人体に身を変えていた。小袖に色褪せた袴を穿き、大刀を一本だけ落とし差しにしていた。茂吉は中間ふうの格好をして、市之介の先を歩いている。

糸川、佐々野、西宮の三人は、町人体に変装した。網代笠《あじろがさ》をかぶったり、風呂敷包みを背負ったりして、茅町に出かけたときとは別の格好をした。

市之介たちは下谷の三枚橋の近くに行き、通りかかった中間に木梨家の屋敷のことを訊くとすぐに知れた。三枚橋の手前の通りを左手に入り、一町ほど行くと木梨家の屋敷があるという。

「表門の脇に太い松の木がありやすから、それを目印にすれば分かりやすよ」

中間はそう言い残して、市之介たちから離れた。

市之介たちは三枚橋の近くまで行き、細い通りを左手に入った。通り沿いに、御家人や小身の旗本屋敷がつづいていた。

「その屋敷ですぜ」

茂吉が指差した。

見ると、三百石ほどと思われる旗本屋敷の長屋門の脇に松の木があった。門の方に枝を伸ばしている。

市之介は表門の近くで足をとめ、斜向《はすむ》かいにある旗本屋敷の築地塀《ついじべい》の陰に身を隠した。後続の糸川たちも市之介のそばに身を寄せた。

「あれが、木梨の屋敷らしい」

市之介が、旗本屋敷を指差して言った。

「やけに静かだ」

糸川が言った。木梨家の屋敷から、人声も物音も聞こえてこなかった。ひっそりとしている。

「中間部屋は、門の左手にあるようだ」

市之介は門の左手にある長屋が、中間部屋になっているとみた。そこからも、物音や話し声は聞こえなかった。賭場をひらいている様子はない。

「どうする」

糸川が訊いた。

「近所の屋敷の者に、話が聞けるといいんだが」

そう言って、市之介は通り沿いに目をやった。

通りの両側に、御家人や旗本の屋敷がつづいていた。木梨家の他にも二百石から三百石ほどの旗本屋敷があった。

「話の聞けそうな者が通りかかるのを待つか」

「そうだな」

市之介たちはその場に身を隠し、話の聞けそうな者が通りかかるのを待った。ときおり、供連れの武士や中間などが通りかかったが、近所の屋敷に出入りする者ではないようだった。

市之介たちがその場に身を隠して、半刻（一時間）ほど経ったろうか。通り沿いにあった旗本屋敷の表門の脇のくぐりから、中間がふたり姿を見せた。ふたりの中間はなにやら話しながら、市之介たちが潜んでいる方へ歩いてくる。

「あっしが、訊いてきやしょうか」

茂吉が塀の陰から出ようとすると、

「おれが行く」

と言って、市之介が先に塀の陰から通りに出た。

茂吉は渋い顔をして、市之介からすこし間をとって歩いてくる。

2

「しばし、待て」

市之介がふたりの中間に声をかけた。

ふたりの中間は、驚いたような顔をして足をとめ、

「あっしらですかい」

と、赤ら顔の男が訊いた。

「そうだ、ちと訊きたいことがあってな。歩きながらでいい」

そう言って、市之介はふたりの中間といっしょに歩きだし、

「なに、たいしたことではないのだ」

と、小声で言い添えた。

「何です」

もうひとりの顎の尖った男が訊いた。こちらの男が、年上らしい。

「そこに、木梨家の屋敷があるな」

市之介が振り返って屋敷に目をやりながら言った。

「ありやすが」

「これを、やっていると聞いてな」

市之介は小声で言って、壺を振る真似をして見せた。博奕をやっているかどうか、ふたりの中間に訊いたのである。

ふたりの中間は顔を見合わせた後、

「そんな噂は、耳にしやした」

と、顎の尖った男が小声で言った。

「いや、おれも好きでな」

市之介はそう言った後、

「中間部屋か」

と、急に声をひそめて訊いた。

「そのようで」

顎の尖った男が答えた。

ふたりの中間は、市之介が牢人ふうの格好をしていたので、市之介の博奕好きという話を疑わなかったようだ。

「おまえたちも、顔を出すのか」

市之介がふたりに身を寄せて訊いた。

ふたりの中間は顔を見合わせた後、

「あっしらは、噂を耳にしただけでさァ」

と、顎の尖った男が言った。

「実は、猪助という男から耳にしたのだが、そこの中間部屋には武士も出入りしているそうだな」

市之介は、猪助の名を出した。

「あっしらも、二本差しが出入りするのを見掛けやした」

赤ら顔の男が言った。

「いまでも、猪助は顔を出すのか」

「出すようですぜ」

赤ら顔の男が、すぐに答えた。猪助を知っているようだ。

「猪助は柳橋界隈で幅を利かせているようだが、この辺りにも来るのか」

「くわしいことは知りやせんが、木梨さまといっしょに歩いているのを何度か見掛けやした」

「そうか」

成川が言ったとおり、猪助が木梨と接触して殺しのことを伝えていたようだ。

「それで、賭場をひらくのは、何時ごろだ」

市之介は、賭場に出入りする者から話を聞けば早いと思った。猪助のことだけでなく、元締のことも知れるかもしれない。それに、猪助が姿を見せれば、捕えることもできる。

「暮れ六ツ（午後六時）ごろでさァ」

そう言うと、赤ら顔の男はすこし足を速めた。話し過ぎたと思ったのかもしれない。

「手間をとらせたな」

市之介は足をとめた。そして、ふたりの中間がすこし遠ざかってから踵《きびす》を返した。

そこへ茂吉が走り寄り、

「旦那、うまく話を訊きやしたね」

と、感心したように言った。

「茂吉、聞いていたのか」

市之介は、糸川たちのいる場にもどりながら言った。

「へい、まったくお上には目がねえなァ。旦那のような方に、お役がねえんだから」

　そう言って、茂吉は上目遣いに市之介を見た。

「余計なことを言うな」

　市之介は足を速め、糸川たちのいる場にもどった。そして、ふたりの中間とのやり取りを話した後、

「賭場がひらくまで待つか」

　と、糸川に訊いた。

「そうだな」

　糸川が西の空に目をやっていた。

　陽は武家屋敷のむこうに沈みかけていた。あと半刻（一時間）もすれば、暮れ六ツ（午後六時）の鐘が鳴るだろう。

　市之介たちが築地塀の陰で待つと、暮れ六ツの鐘が鳴った。その鐘の音が合図ででもあったかのように、通りに中間らしい男や遊び人、牢人体の男などがひとりふたりと姿を見せた。

　男たちは木梨家の表門の前まで来ると通りの左右に目をやり、辺りに人影がな

いのを確かめてから脇のくぐりからなかへ入っていった。

「博奕を打ちに来た者たちだな」

市之介が、木梨家の表門に目をやりながら言った。

「そのようだ」

糸川は通りの先に目をやっている。木梨か猪助が、姿をあらわすのを待っているようだ。

そのとき、四人の男が何やら話しながらこちらにやってきた。いずれも、牢人や遊び人ふうの男である。

四人の男は、木梨家の表門の前で足をとめた。

3

「猪助だ！」

糸川が声を殺して言った。

「猪助がいたな」

市之介も、四人のなかのひとりの男の頬に、刀傷があるのを目にした。遊び人ふうである。

佐々野と西宮が、築地塀の陰から飛び出そうとした。

「待て！」

市之介がとめた。

四人の男は、表門の脇のくぐりから入ろうとしていた。いま飛び出しても、四人が門内に入った後になる。

「もっと、早く気付けばよかった」

糸川が悔しそうな顔をした。

「屋敷に踏み込みますか」

佐々野が意気込んで言った。

「駄目だ。今、屋敷に踏み込んでみろ。賭場には、遊び人や牢人が何人もいる。それに、木梨家に仕える者たちもいるはずだ。猪助を捕らえるどころか、おれたちが皆殺しになるぞ」

市之介は、それこそ火中に飛び込むようなものだと思った。

「うぬ」

佐々野は、悔しそうに顔をしかめた。

その場にいた市之介たち五人はなす術もなく、木梨家の屋敷のくぐりを睨むように見すえていた。その間にも、ひとり、ふたりと男たちがくぐりから屋敷内に入っていった。いずれも、賭場にきた者たちらしい。

「中間部屋の賭場にしては、大掛かりだな」

糸川が言った。

「ここは、下谷の広小路《ひろこうじ》や池之端仲町《いけのはたなかちょう》からも近い。賭場をひらくには、いい場所かもしれないな」

下谷広小路は御成街道と通じており、寛永寺《かんえいじ》の門前通りでもあった。そうしたことから、旅人だけでなく参詣客や遊山客などで一日中賑わっていた。また、不忍池沿いにつづく池之端仲町は、料理屋や料理茶屋などがあることで知られた地で、訪れる客も多かった。博奕好きもすくなくないだろう。

「どうする」

市之介が糸川に訊いた。

「せっかく、猪助の尻尾をつかんだのだ。やつが、出てくるのを待つか」

「だが、いつになるか分からないぞ」

市之介は、明日の朝かもしれないと思った。

「いずれにしろ、もうすこし様子を見よう」

「そうだな」

市之介たちは、その場にとどまった。

それから、一刻（二時間）ほど経ったろうか。辺りは深い夜陰につつまれ、木梨家の屋敷も深い闇に紛れてきた。ただ、賭場がひらかれている中間部屋には、灯の色があった。かすかに、男たちの声も聞こえる。

「いつ出てくるか、分からないな。今日は、諦めるか」

市之介が男たちに声をかけたときだった。

「だ、旦那、だれか出てきやした」

茂吉が声を殺して言った。

見ると、表門の脇のくぐりから男がふたり出てきた。遊び人ふうと中間らしい男である。猪助は姿を見せなかった。ふたりは何やら話しながら通りへ出て、表通りの方へ足をむけた。

「あっしが、なかの様子を訊いてきやす」

茂吉はひとりで、築地塀の陰から通りへ出た。

市之介はとめようとしたが、間に合わなかった。茂吉は、小走りにふたりの男に近付いていく。

「様子をみてくる」

市之介はそう言い残し、築地塀沿いの闇の深い場所をたどるようにして茂吉の後を追った。茂吉に何かあったら、飛び出して助けようと思ったのだ。

だが、茂吉はうまく話を訊いているらしく、ふたりの男のやりとりの合間に笑い声も聞こえた。

茂吉は三枚橋の手前まで来て足をとめた。そして、ふたりの男と別れると、小走りにもどってきた。

「旦那、来てたんですかい」

茂吉は、市之介を見て驚いたような顔をした。

「茂吉が襲われたら助けてやろうと思ってな」

市之介は、「糸川たちのところへ、もどるぞ」と茂吉に言って、足早に来た道を引き返した。市之介は、糸川たちといっしょに茂吉から話を聞くつもりだった。

市之介は、糸川たちのいる築地塀の陰にもどると、

「茂吉、何か知れたか」

と、すぐに訊いた。

「猪助は、まだ賭場にいるそうですぜ」

茂吉が言った。

市之介は、そんなことは分かっている、と思ったが、

「それで」

と言って、話の先をうながした。

「賭場には、二十人ほどいるそうでさァ」

「木梨はいたのか」

市之介が訊いた。

「いねえようで」

「やはり、いないのか。……他に何を聞き出した」

茂吉は、その場にいる四人の目が自分に集まっているのを意識してか、

「猪助は、いつごろ帰《けえ》るか訊いたんでさァ」

と、男たちに目をやりながら言った。

「猪助はいつごろ帰るのだ」

「いつも明け方、暗いうちに賭場を出るそうで」

「明け方な」

市之介は、うんざりした顔で言った。

明け方まで、だいぶ時間がある。市之介はこれからそれぞれの屋敷に帰って出直すことも考えたが、家で腰を落ち着け飲み食いするほどの時間はない。ここで、明け方まで、待つしかないようだ。

4

市之介たちはその場を離れ、下谷広小路にむかった。広小路まで近かったので、そば屋か一膳めし屋に立ち寄って腹拵《はらごしら》えをし、一杯やって時を過ごそうと思ったのだ。

市之介たちは、一膳めし屋に入った。そして、酒を飲んでしばらく過ごし、腹拵えをしてから、木梨の屋敷近くの築地塀の陰にもどった。

まだ、屋敷内では博奕がつづいているらしく、中間部屋には灯の色があり、男たちの声がかすかに聞こえてきた。

「何時《なんどき》ごろかな」

市之介が、上空に目をやって言った。

星空だった。東の空も夜陰に染まり、陽の色はまったくなかった。まだ、夜中である。付近の旗本屋敷は夜の帳《とばり》につつまれ、ひっそりと寝静まっている。

「子《ね》ノ刻《とき》（午前零時）は、とうに過ぎているがな」

糸川が言った。

「気長に待つしかないな」

市之介は、その場に屈《かが》み込んだ。立っているより、楽だったのだ。

それから、どれほど経ったのだろうか。木梨の屋敷に目をやっていた西宮が、

「だれか出てきた！」

と、身を乗り出して言った。

市之介は立ち上がり、屋敷の表門に目をやった。くぐりから出てきたらしいふたりの男が、何やら話しながらこちらに歩いてくる。

「猪助ではないな」

市之介が言った。夜陰で、ふたりの男の顔は見えなかったが、中間らしい身装から猪助でないことが知れた。

市之介たちは、築地塀の陰から出なかった。

それから半刻ほど経ち、東の空がかすかに明らんできたとき、

「猪助らしいぞ」

と、糸川が昂《たかぶ》った声で言った。

見ると、ふたりの男がくぐりから出てきた。ひとりは遊び人ふうで、ひとりは中間らしかった。

「猪助だ！」

市之介は、遊び人ふうの男の体軀《たいく》と歩き方から猪助と分かった。

「どうする、ふたりだぞ」

糸川が言った。

「ふたりとも、捕らえる」

言いざま、市之介が築地塀の陰から出た。後に糸川たちがつづき、茂吉はしんがりについた。

市之介たちは足音を忍ばせて歩き、猪助たちが木梨の屋敷から離れたところで足を速めた。まだ、猪助たちは気付いていない。ふたりの雪駄の音が、通りにひびいている。

前を行く猪助たちが十間ほどに近付いたとき、

「いくぞ！」

と、市之介が声を殺して言い、屋敷の陰をたどるように走った。

猪助たちが、足をとめて振り返った。足音を耳にしたらしい。だが、すぐに逃げなかった。市之介たちの姿が、見えなかったようだ。

市之介たちが間近に迫ったとき、

「逃げろ！」

と、猪助が声を上げた。

猪助たちは慌てて駆けだしたが、足の速い佐々野が先に追いつき、

「逃げると、斬るぞ！」

と、叫んだ。

猪助と中間らしい男は、足をとめた。

「お、お武家さま、何か御用で」

猪助が声をからませて言った。佐々野が何者か分からなかったらしい。猪助は蒼ざめた顔をしていたが、上目遣いに佐々野を見上げた顔には、ふてぶてしさがあった。もうひとりの中間ふうの男は、恐怖に顔をひき攣《つ》らせて身を顫《ふる》わせている。

「用があるから、追ってきたのだ」

そう言って、佐々野は逃げ場を塞ぐように猪助の前に立った。

市之介と糸川が走り寄り、猪助を三方で取り囲むようにまわり込んだ。

市之介が猪助の首に切っ先を近付け、

「茂吉、縄をかけろ」

と、声をかけた。

すぐに、茂吉は用意した細引を懐から取り出し、猪助の両腕を後ろにとって縛った。なかなか手際がいい。

「この男はどうします」

佐々野が身を顫わせてつっ立っている中間ふうの男に目をやり、そばにいる糸川に訊いた。

「縄をかけてくれ。連れていって、話を聞いてみよう」

糸川が言った。

佐々野と西宮で、中間ふうの男の両腕を後ろにとって縛った。男は恐怖に身を顫わせて、佐々野たちのなすがままになっている。

市之介たちは、捕らえた猪助と中間ふうの男を神田相生町にある佐々野家に連れていくことにした。佐々野家には、屋敷の裏手に古い納屋があった。これまで、市之介たちはその納屋を捕らえた者の監禁場所にしたり、訊問の場に使ったりしていた。納屋といっても土蔵のような造りで、多少の声は外から聞こえなかったのだ。

佐々野家についたころは、東の空が曙色に染まっていたが、まだ町筋に人影はなかった。武家屋敷のつづく通りは、静寂につつまれている。

市之介たちは物音をたてないように気を使って、猪助と中間ふうの男を佐々野家の納屋に連れ込んだ。

納屋のなかは暗かった。佐々野が用意した燭台《しょくだい》が立てられ、市之介たちが捕らえてきた中間ふうの男を闇のなかに浮かび上がらせていた。

納屋は古い粗壁だった。長い間使われてないらしく根太《ねだ》が落ち、床板が所々剝げていた。埃と黴《かび》の臭いがした。隅の方に、壊れた家具や長持《ながもち》などが置かれている。

市之介が中間ふうの男に、

「木梨家に奉公しているのだな」

と、訊いた。

「そ、そうで」

男は声を震わせて言った。

「名は」

「利根吉《とねきち》でさァ」

「中間部屋が、賭場になっているな」

市之介の語気が強くなった。

「あっしは、手慰みをしてるのを見てただけで」

利根吉は、隠さず話した。手慰みとは、博奕のことである。

「そうか。後で、訊くことがあるかもしれん。しばらく、外にいろ」

市之介は、茂吉に利根吉を納屋から連れ出させた。猪助を訊問するのに、利根吉はそばにいない方がいいと思ったのである。

5

市之介たちは、利根吉につづいて猪助を納屋に連れてきた。燭台の火に浮かび上がった猪助は顔をこわばらせていたが、市之介たちを睨むように見た目には、ふてぶてしさもあった。

「猪助、権兵衛の子分だな」

市之介が、訊いた。

「権兵衛なんてえやつは、知らねえ」

猪助が嘯《うそぶ》くように言った。

「成川という武士を知っているな」

市之介が成川の名を出した。

猪助が市之介を見上げ、

「成川の旦那をお縄にしたのは、旦那たちですかい」

と訊き、その場に立っている糸川たちにも目をやった。

「そうだ」

「旦那たちは、八丁堀じゃァねえようだが、火盗改《かとうあらため》ですかい」

猪助が訊いた。物言いに、恐れや怯えがなかった。逃げられないとみて、覚悟を決めているのであろうか。

「火盗改ではない。まァ、影で働く者と思ってもらえばいい」

市之介は、旗本とは言えなかったし、目付筋とも言いにくかった。それに、糸川たちも本来なら町方の扱う事件なので、幕府の目付筋と明かしたくないだろう。

「権兵衛の子分だな」

市之介が念を押すように訊いた。

「へい」

猪助は、首をすくめて答えた。成川が話したことを知って、隠しても無駄だと思ったのだろう。

「権兵衛が殺しの元締と聞いているが、そうだな」

成川は、権兵衛が元締とはっきり言わなかったが、市之介は権兵衛が元締とみていた。

「闇の旦那が、元締でさァ」

猪助によると、権兵衛の子分や繋ぎ役の者たちは、闇の旦那と呼んで権兵衛の名は口にしないという。

「闇の権兵衛か」

「いつも闇のなかに隠れていやすからね」

「おまえなら、権兵衛の居所を知っているだろう」

市之介が猪助を見すえて訊いた。

「知らねえ」

すぐに、猪助が言った。

「子分のおまえが、知らぬはずはあるまい。それに、おまえは権兵衛と殺し人の繋ぎ役もやっているのではないか」

市之介が語気を強くして訊いた。

「嘘じゃァねえ。闇の親分の居所は、知らねえんだ」

「元締と会わなければ、殺しの依頼を聞いて殺し人に伝えることができないはずだぞ」

「駒蔵《こまぞう》兄いが、親分と会ってあっしに話すんでさァ」

猪助によると、駒蔵は権兵衛の身内で、いつもそばにいるという。駒蔵が直接猪助に話すことが多いが、料理屋などに呼び出されて権兵衛から話を聞くこともあるそうだ。

「すると、猪助は権兵衛と会ったことがあるのだな」

市之介が訊いた。

「ありやす」

「どんな男だ」

市之介は、権兵衛の顔付きや年格好などを訊いた。

猪助によると、権兵衛は初老だという。大柄で眉が濃く、ギョロリとした目をしているそうだ。

「駒蔵と会う料理屋は、どこだ」

市之介は、料理屋が分かれば、権兵衛の居所も知れると思った。

「そのときによって、料理屋はちがいやしてね。親分は居所をつかまれねえように、場所を変えるんでさァ。茅町か柳橋にある料理屋ですがね」

「用心深い男だな」

茅町か柳橋の料理屋というだけでは、探しようがない。茅町はひろい町だし、柳橋には料理屋が多い。

「ところで、残った殺し人は姿を隠している木梨だけか」

市之介が声をあらためて訊いた。

「木梨の旦那だけじゃァねえ。木梨の旦那は、殺し人になったばかりですぜ。親分は、あっしが餓鬼のころから殺しに手を染めてやした」

猪助の口許に薄笑いが浮いた。

「殺し人は、他にもいるのか！」

市之介の声が大きくなった。その場にいる糸川たちも、驚いたような顔をして猪助に目をやっている。

「あっしは、名は知らねえが、木梨の旦那の他に長脇差をうまく遣う腕の立つやつがいるようでさァ」

「うむ……」

そう言われれば、木梨と成川が殺しに手を染めたのは最近のようだ。他に殺し人がいてもおかしくない。

市之介が口をつぐむと、

「長脇差を遣う殺し人は、渡世人だったのではないか」

と、糸川が聞いた。長脇差と渡世人をつなげたらしい。

「そうかもしれねえ」

猪助は、その殺し人の顔を見たこともないという。

「その脇差を遣う男の他にも、殺し人はいるのか」

糸川が訊いた。

「親分のそばに、ひとり腕の立つやつがいると聞いてやす。そいつも、殺しに手を出すことがあると聞きやしたが、あっしはそいつの顔を見たこともねえんで、はっきりしたことは分からねえ」

「いずれにしろ、容易な相手ではないな」

糸川が厳しい顔をして言った。

次に口をひらく者がなく、納屋のなかは重苦しい沈黙につつまれていた。猪助を納屋に連れ込んでからだいぶ時が経ったらしく、入口の板戸の隙間から朝陽が差し込んでいた。

市之介たちは、捕らえた猪助と利根吉を納屋のなかの柱に縛りつけ、猿轡《さるぐつわ》をかましてから外に出た。

猪助と利根吉は、しばらく佐々野に面倒をみてもらい、頃合をみて町方の野宮に引き渡すことになるだろう。

納屋から出た市之介は糸川たちに、

「まず、岸田屋からだな」

と声をかけた。ここまで来たら、明日にも岸田屋に乗り込んで、あるじの嘉蔵を押さえたいことを話した。

「承知した」

糸川が言うと、すぐに佐々野と西宮がうなずいた。

市之介は佐々野家から出るとき、足をとめて、

「どうだ、佳乃は。わがままなところがあるので、心配しているのだ」

と、佐々野に訊いた。まだ、妹の佳乃が佐々野家に嫁にきて間がなかった。市之介は、佳乃のことを心配していたのだ。

「よ、佳乃はよくやってくれます。……会っていきますか」

佐々野が顔を赤くして言った。

「いや、いい。こんな朝早く、何事かと驚くだろう」

市之介は佐々野の耳元でささやき、糸川のいる通りに出た。

6

翌朝、市之介が遅い朝餉《あさげ》をすませた後、座敷で着替えていると、縁先に走り寄る足音がし、「旦那！　旦那」と呼ぶ茂吉の声が聞こえた。何かあったらしく、ひどく慌てている。

「どうした」

市之介は座敷で羽織を着ながら訊いた。

「嘉蔵が殺《や》られたようですぜ」

「岸田屋のあるじか！」

市之介は、慌てて障子を開けた。

「そうでさァ」

茂吉は、縁先で足踏みしている。

「どうして、知った」

「茂三郎《もさぶろう》ってえ、御用聞きが話してるのを耳にしやした」

茂吉が口早に、茂三郎は野宮に手札をもらっている御用聞きだと言い添えた。

「殺されたのは、どこだ」

「岸田屋の近くと言ってやした」

「糸川たちは、行ったかな」

「先に行ってるはずでさァ。糸川の旦那は、旦那のようにのんびりしてねえ」

「茂吉！　玄関で待て、すぐ行く」

市之介は座敷にもどり、二刀を手にして戸口にむかった。

すると、おみつが奥から慌てた様子で出てきて、

「旦那さま、どうされました」

と、心配そうな顔をして訊いた。

「なに、伯父上に頼まれた件でな。様子を見にいくだけだ。おみつは、母上といっしょに屋敷にいてくれ」

市之介は玄関にむかいながら言った。

「は、はい」

おみつは、それ以上訊かなかった。

玄関から出ると、茂吉が待っていた。市之介は茂吉を連れて、通りに出た。これから、岸田屋のある森田町に向かうのである。

「茂吉、遅れるな」

「へい」

ふたりは足早に神田川沿いの通りにむかった。

神田川沿いの通りに出て浅草方面にむかうと、前方に佐々野の姿があった。佐々野も急いでいる。

「佐々野だ。追いつくぞ」

市之介と茂吉は小走りになった。

佐々野に追いつくと、

「糸川たちは、どうした」

市之介が訊いた。

「先にいったようです」

「おれたちも急ごう」

市之介たちは、さらに足を速めた。浅草御門の前に出て、日光街道を北にむかうと前方右手に浅草御蔵が見えてきた。その浅草御蔵の前に、岸田屋はある。

浅草御蔵の前は、大変な賑わいを見せていた。旅人をはじめ、駕籠《かご》、駄馬を引く馬子、浅草寺への参詣客、浅草御蔵から大八車で米俵を運ぶ印半纏《しるしばんてん》姿の奉公人たちなどが、行き交っている。

「岸田屋ですぜ」

茂吉が指差した。

岸田屋は大戸がしまっていた。店の前に岡っ引きや下っ引き、それに何人かの奉公人の姿があった。

「少ないな」

市之介は大勢集まっているとみていたが、思ったより少なかった。それに、町奉行所の同心も糸川たちもいなかった。

市之介たちは岸田屋の前まで行き、

「あるじの嘉蔵が斬られたそうだな」

と、手代に訊いた。

「は、はい」

手代は、蒼ざめた顔で言った。市之介のことを町方と思ったらしい。

「場所はどこだ」

市之介は、嘉蔵は店の前で斬られたのではない、とみたのだ。

「その尾形屋《おがたや》さんの脇の路地です」

手代が指差した。

尾形屋は大きな店だった。蔵宿らしい。蔵宿は札差の店である。

「行くぞ」

市之介たちは、すぐ尾形屋に足をむけた。

尾形屋の脇に路地があった。そこに、男たちが集まっていた。岸田屋の奉公人らしい男、岡っ引き、下っ引き、それに八丁堀同心の姿もあった。すこし離れた場所に、大勢の野次馬たちが集まっている。

「糸川の旦那がいやす」

茂吉が指差した。男たちの集まったなかに糸川と西宮の姿があった。近くに、北町奉行所定廻《じょうまわ》り同心の野宮の姿もあった。

市之介と佐々野が糸川に近付くと、

「嘉蔵は、そこだ」

糸川が野宮を指差して言った。どうやら、嘉蔵の死体は、野宮の前に横たわっているらしい。野宮は検死をしているのだろう。

市之介と佐々野につづいて、糸川も野宮に足をむけた。

市之介が野宮の脇に行くと、

「青井どのか、見てくれ」

そう言って、野宮はすこし身を引いた。

7

嘉蔵は仰向けに倒れていた。両眼を見開き、口をあんぐりあけたまま死んでいた。胸を刃物で刺されたらしい。小袖や羽織がどっぷりと血を吸って赭黒《あかぐろ》く染まっていたが、傷は見えず、羽織の胸の辺りに刃物で刺された痕《あと》があるだけだった。

「刀か匕首《あいくち》で、一突きか」

市之介が言った。

「下手人は、木梨ではないな」

野宮は、木梨が頭を斬り割る太刀を遣うことを知っていたのだ。

……もうひとりの殺し人かもしれない。

と、市之介は思った。

猪助の話だと、渡世人だった男で長脇差を遣うのが巧みだという。その殺し人が、嘉蔵をこの場に呼び出し、長脇差で刺したのではあるまいか。

市之介は殺し人とは言わず、

「別の男の手にかかったようだ」

と、小声で言った。

「それにしても、なぜ嘉蔵を殺したのだ」

野宮は首をひねった。

口封じだ、と市之介は言いかけたが、言葉を呑んだ。近くに、岡っ引きや岸田屋の奉公人たちが大勢いて、話が筒抜けになるからだ。

「野宮どの、来てくれ」

そう言って、市之介は野宮を人だかりから離れた場所に連れていった。糸川や茂吉たちも後ろからついてきた。

「実は、殺し人の繋ぎ役の猪助という男を捕らえたのだ。猪助からいろいろ話を聞いている」

市之介はそう切り出し、殺しの元締が権兵衛という男で、姿を子分たちにも見せないことから、闇の旦那と呼ばれていることなどを話した。

「闇の旦那なら、おれも聞いたことがある。……ただ、噂だけで、居所も子分たちのこともつかんでないがな」

野宮が声をひそめて言った。双眸《そうぼう》が鋭くひかっている。野宮も、大物が背後にいることを察知したようだ。

「権兵衛が嘉蔵から商売敵である美浜屋の益右衛門殺しを依頼され、それを実行したのが、木梨浅右衛門と成川弥之助のようだ」

「成川を斬ったのは、おぬしたちだったな」

「そうだ」

さらに、市之介は成川から聞いた話として、木梨家の屋敷が仲御徒町にあり、中間部屋が賭場になっていることなどを野宮に伝えた。

「よく探ったな」

野宮は驚いたような顔をした。

「成川から聞いただけだ」

「ところで、木梨はその屋敷にいるのか」

「それが、屋敷から姿を消したままだ」

「そうか」

野宮は顔を厳しくした。

「繋ぎ役の猪助から元締の権兵衛のことを聞いたのでな、嘉蔵を捕らえて権兵衛の居所を聞き出そうとしていた矢先に、嘉蔵が殺されてしまった」

市之介が残念そうな顔をした。

「すると、嘉蔵は口封じのために殺されたのだな」

「そうみていい。おそらく、権兵衛は猪助が捕らえられたのを知ったのだ。それで、先手を打って嘉蔵を始末したにちがいない」

市之介が、これまでの経緯をひととおり野宮に話した。

野宮は、虚空を睨むように見すえていたが、

「嘉蔵を殺したのは、姿をくらましている木梨か」

と言って、市之介や糸川たちに顔をむけた。

「ちがうな。木梨の遣っているのは長刀だ。嘉蔵の傷を見たところ、匕首か長脇差で近くから突き刺したものだ」

市之介は、嘉蔵を殺したのは木梨ではない、と確信していた。

「嘉蔵を殺したのは、何者だ」

野宮が訊いた。

「木梨と成川の他にも、殺し人がいるらしい。嘉蔵を殺したのは、その男ではないかな」

「そやつの名は」

「分からない。猪助が知っていたのは、そやつが長脇差を遣うらしいことだけだ」

市之介が言った。

「うむ……」

野宮はいっとき黙考していたが、

「ともかく、手先たちに聞き込みにあたらせる。これだけの人通りの多い場所だ。嘉蔵と殺し人を見かけた者もいるだろう」

そう言って、岡っ引きたちの集まっている場に足をむけた。

市之介は糸川たちに、

「岸田屋の奉公人に訊いてみるか」

と、声をかけた。

「そうだな」

市之介は、その場で分かれた。糸川たち三人は、その場にいる奉公人たちに足をむけたが、市之介は岸田屋にいってみることにした。店先にも、奉公人がいたのを見ていたからである。

市之介が路地から表通りへもどると、後ろからついてきた茂吉が、

「旦那、あっしは近所で聞き込んでみやす」

と言い残し、市之介から離れた。

市之介はひとりで、岸田屋の店先へむかった。店の表の大戸は閉められていたが、脇の一枚だけあいていた。そこに手代らしい男がふたりと、岡っ引きと下っ引きが数人立っていた。何やら話している。

市之介が近付くと、岡っ引きたちは慌てて身を引いた。市之介を火盗改とでも思ったらしい。事件の現場で、市之介を見掛けたことがあるのだろう。

市之介は戸口にいた背のひょろりとした男に、

「店の奉公人か」

と、訊いた。

「手代の利根助《とねすけ》でございます」

利根助の顔はこわ張っていた。

「昨日、殺された嘉蔵が店を出たのは、何刻ごろだ」

「暮れ六ツ（午後六時）ちかかったようです」

「嘉蔵は、どこへ出かけるつもりだったのだ」

「いえ、あるじはどこかへ行こうとして店を出たのではありません。政造《まさぞう》という方が、あるじに言伝を頼まれたと言って店にみえ、あるじと会ったのです」

利根助によると、あるじは、店の近くに用のある方がみえてるようだ、と言って、政造といっしょに店を出たという。

「ところが、あるじは暗くなっても店にもどりませんでした。店の者は心配になり、探しに行こうとしていた矢先に、尾形屋さんの番頭さんが見え、路地であるじが倒れていると知らせてくれたのです」

利根助が震えを帯びた声で話した。

「嘉蔵は、呼び出されて殺されたのか」

市之介は、闇の権兵衛の許にいる殺し人が、口封じのために嘉蔵を殺したとみた。おそらく、権兵衛は猪助が捕らえられたことを知り、猪助の口から嘉蔵の依頼で益右衛門を殺したことが明らかになる、とみたのだろう。それで、嘉蔵が町方に引かれる前に始末しようとして殺したにちがいない。

それから、市之介は他の手代にも政造のことを訊いてみたが、初めて店に来た男で正体も住家も分からないと話した。

市之介が岸田屋の戸口から離れると、茂吉が近寄ってきた。

「茂吉、何か知れたか」

市之介は、嘉蔵が殺された路地にもどりながら訊いた。

「暮れ六ツごろ、嘉蔵が店を出て尾形屋の方へむかうのを見たやつがいやした」

茂吉は市之介についてきた。

「嘉蔵といっしょにいた男も見ているのか」

「後ろ姿だったんで、町人としか分からねえんでさァ」

「そうか」

すでに、市之介は嘉蔵が店にきた政造という男に、連れ出されたことは手代から聞いていた。おそらく、茂吉に話した男は、政造を目にしたのだろう。

「それに、御用聞きたちから気になることを耳にしたんですがね」

茂吉が急に声をひそめて言った。

「気になることとは」

市之介が訊いた。

「御用聞きたちが、下手に動くと殺されると言って、聞き込みもまともにやってねえんでさァ」

「うむ……」

そのことは、以前から市之介も感じていた。こうやって、事件にかかわった者を無残に始末するのも、町方同心やその手先たちを怯えさせ、探索から手を引かせるためではないかと、市之介はみた。

第四章　隠れ家

1

東の空がかすかに明らんでいた。まだ、辺りは夜陰につつまれていたが、小半刻（三十分）もすれば、東の空は曙色に染まるだろう。

市之介は、木梨家の表門の近くの築地塀《ついじべい》の陰にいた。市之介のそばに、糸川、佐々野、西宮、茂吉、それに、次助《じすけ》という若い男がいた。次助は、野宮から手札を貰っている岡っ引きだった。市之介たちは、野宮に、次助も使ってくれと頼まれ、ここに連れてきたのである。野宮によると、他の岡っ引きたちは此度《こたび》の事件の探索に尻込みしているが、次助は怖がらずに聞き込みにまわっているという。

「勝五郎《かつごろう》という男だが、そろそろ姿を見せてもいいころだな」

糸川が言った。

岸田屋のあるじの嘉蔵が殺された後、市之介たちは佐々野家の納屋に閉じ込めてある猪助に、

「木梨家の賭場を仕切っているのは、だれだ」

と、あらためて訊《き》いたのだ。

「勝五郎でさァ。木梨家の中間《ちゅうげん》で、木梨さまに長く仕えていやす」

猪助は、すぐに答えた。

「勝五郎なら、木梨の居所を知っているのではないか」

さらに、市之介が訊いた。

「知ってるかもしれねえ。木梨の旦那は屋敷を出た後も、姿を見せるときがありやしたから」

猪助は観念しているらしく、訊かれたことは隠さずに話した。

猪助とのそうしたやりとりがあって、市之介たちは勝五郎を捕らえて木梨の居所をつきとめるためにここに来ていたのだ。それに、木梨自身が姿を見せるかもしれないという期待もあった。

木梨家の表門に目をやっていた次助が、

「くぐりから出てきやした」

と、身を乗り出して言った。

見ると、表門の脇のくぐりから、遊び人ふうの男がふたり出てきた。ふたりは通りの左右に目をやってから、市之介たちが潜んでいる築地塀の方へ歩きだした。

ふたりの遊び人ふうの男につづいて、牢人体の男、職人ふうの男などが、ひとり、ふたりと姿を見せ、表通りの方へむかった。

どうやら、中間部屋の賭場はしめられ、夜通し遊んだ男たちが帰っていくようだ。

「勝五郎は、まだだな」

市之介たちは猪助から、勝五郎は痩せ身で背が高く、すこし猫背だと聞いていた。まだ、それらしい男は姿をあらわさない。

「勝五郎が家に帰るのは、賭場の客を送り出してからでさァ」

これまで、黙っていた茂吉が口を挟んだ。

「そうだったな」

市之介も、猪助から勝五郎が屋敷を出るのは賭場の客を送り出した後になると聞いていた。

それから、しばらくすると、くぐりから出てくる男の姿がとぎれた。賭場の客は、中間部屋から出終わったのかもしれない。

「出てきた!」

茂吉が言った。

くぐりから、中間らしい身装《みなり》の男が出てきた。背が高く痩せている。それに猫背だった。勝五郎である。

「もうひとり、出てきた」

次助が言った。

勝五郎につづいて、小柄な男がくぐりから出てきた。遊び人ふうの男である。

ふたりは何やら話しながら、身をひそめている市之介たちの方に歩いてくる。

「ふたりだが、どうする」

糸川が市之介に訊いた。

「ふたりとも捕らえよう」

ひとり逃がせば、勝五郎が捕らえられたことが、木梨に伝えられるかもしれない。そうなると、居所を聞き出しても木梨を捕らえることはできない。

勝五郎たちは、しだいに市之介たちに近付いてきた。そして、ふたりが市之介たちの前まで来たとき、市之介たちは一斉に飛び出した。

市之介と佐々野が勝五郎たちの前へ飛び出し、糸川と西宮が背後にまわり込んだ。市之介たち四人につづいて、茂吉と次助も走り出た。

勝五郎と遊び人ふうの男は、ギョッとしたようにその場に立ちすくんだが、武士が前後に立ったのを見て、

「な、何か、御用で」

と、勝五郎が声を震わせて訊いた。市之介たちが何者か、分からなかったらしい。

市之介は無言のまま抜刀し、勝五郎に切っ先を突き付け、

「おれたちといっしょに来てもらう」

と、勝五郎を見すえて言った。

佐々野も刀を抜き、遊び人ふうの男の鼻先に切っ先をむけた。

そのとき、勝五郎は次助が十手を持っているのを目にし、

「八丁堀……」

と、声を震わせて言った。市之介たちを、八丁堀の同心とその手先とみたようだ。

「縄をかけろ」

市之介が声をかけた。

茂吉と次助が用意した細引を取り出し、勝五郎と遊び人ふうの男の両腕を後ろにとって縛った。そして、騒ぎたてないように猿轡《さるぐつわ》をかました。ふたりの男は抵抗しなかった。体を顫《ふる》わせて、茂吉たちのなすがままになっている。

「連れていくぞ」

市之介たちは、捕らえたふたりを佐々野家の納屋に連れていくことにしてあった。

辺りは明るくなっていた。東の空には、朝陽が顔を出している。すでに、明け六ツ（午前六時）を過ぎていた。

市之介たちはできるだけ人目に触れないように、裏路地や新道をたどるようにして、佐々野家の屋敷のある神田相生町にむかった。

2

市之介たちは佐々野家に着くと、まず遊び人ふうの男を納屋に入れ、勝五郎は戸口の脇に連れていった。遊び人ふうの男から先に話を訊くことにしたのである。茂吉と西宮のふたりで、勝五郎を見ていることになった。

先に捕らえた猪助と利根吉は話を聞いた後、野宮に引き渡してあった。野宮があらためて訊問するだろう。

「名はなんというな」

市之介が穏やかな声で切り出した。

「庄吉《しょうきち》でさァ」

男は、隠さずに名乗った。

「木梨家の中間部屋で、遊んだ帰りだな」

「あ、あっしは、見てただけで」

庄吉が声を詰まらせて言った。博奕の科《とが》で、町方に捕らえられたと思ったようだ。

「そうか。ところで、賭場に、屋敷のあるじの木梨は顔を出さなかったか」

「木梨さまは、見かけませんでした」

庄吉は戸惑うような顔をした。端から、博奕のことではなく屋敷のあるじのことを訊かれたからだろう。

「近頃、木梨は屋敷にもどらないのか」

市之介は、さらに木梨のことを訊いた。

「三日前に見掛けやしたが、それっきりでさァ」

「三日前な」

どうやら、木梨は屋敷にもどることもあるようだ。

「木梨家の家族は、どうしている」

市之介は、家族のことも訊いてみた。

「奥方さまと御嬢さまがおられると聞いてやすが、お顔を見たこともねえし、屋敷のどこにいるかも知らねえんでさァ」

「そうか」

市之介は糸川たちに目をやり、「何かあったら訊いてくれ」と声をかけた。

「庄吉、木梨の居所を知っているか」

糸川が訊いた。

「知りやせん」

すぐに、庄吉が答えた。

「賭場で、木梨のことは話さないのか」

「ちかごろ、木梨さまの話は出ません」

「……」

糸川はちいさくうなずくと、すぐに身を引いた。念のために、木梨の居所を訊いてみたらしい。

庄吉につづいて、勝五郎を納屋に連れてきた。市之介たちは、後ろ手に縛られた勝五郎を土間に座らせて取り囲んだ。勝五郎は、蒼ざめた顔で身を顫わせている。

市之介は博奕のことは訊かず、

「木梨浅右衛門は、ときどき屋敷にもどるようだな」

と、核心から訊いた。

「へ、へい……」

勝五郎は戸惑うような顔をしたが、隠さずに答えた。

「勝五郎、おまえは木梨家に奉公するようになって長いのか」

「五、六年になりやす」

すぐに、勝五郎は答えた。

「中間部屋で、賭場をひらくようになったのはいつ頃だ」

勝五郎は戸惑うような顔をして、いっとき市之介から視線をそらせていたが、

「五年ほど前でさァ」

と、小声で答えた。中間部屋で賭場をひらいていたのは、隠しようがないと思ったのだろう。

「木梨も、屋敷にいたころは、頻繁に賭場に顔を出したのではないか」

「ちょくちょく顔を見せやした」

「どうだ、木梨が渡世人のような男を連れてきたことはないか。長脇差を持ち歩いていたかもしれん」

市之介は、長脇差を遣う殺し人のことを訊いてみたのだ。

以前話を訊いた猪助は渡世人のことは知っていたが、賭場に来たかどうかは知らなかった。おそらく、猪助が賭場に顔を見せるようになったころは、その渡世人は賭場に来なくなっていたのだろう。

「木梨さまが、連れて来たわけじゃァねえが、二、三年前なら、何度か賭場に顔を見せたことがありやす。無口な男で、いつも盆茣蓙《ぼんござ》の隅の方へ座って賭けてやした」

勝五郎は、渡世人を知っていた。

「名を覚えているか」

市之介が、身を乗り出すようにして訊いた。

「たしか、桑次郎《そうじろう》だったと……」

勝五郎は語尾を濁した。記憶がはっきりしないらしい。

「桑次郎か」

市之介は、桑次郎という男が長脇差を遣う殺し人とみた。

「桑次郎の居所を知っているか」

市之介は念のために訊いてみた。

「知りやせん」

すぐに、勝五郎は答えた。

市之介は桑次郎のことはそれ以上持ち出さず、

「木梨は、いまどこにいるのだ」

と、声をあらためて訊いた。

「茅町と聞きやしたが、どこに住んでいるか知りやせん」

「料理屋ではないか」

「料理屋と聞いた気がしやす」

「店の名を覚えているか」

「分からねえ」

勝五郎は首を捻《ひね》った。

「料理屋か……」

市之介は、料理屋と分かっただけでは探すのがむずかしいと思った。ただ、茅町は柳橋に比べれば、料理屋はすくないので虱《しらみ》潰しにあたる手もある。

市之介は糸川と佐々野に目をやり、「何か、訊いておくことはあるか」と声をかけた。

すると、糸川が勝五郎の前に出て、

「闇の旦那と呼ばれている男のことを知っているか」

と、強いひびきのある声で訊いた。

「名は聞きやした」

勝五郎の顔が強張《こわば》った。握り締めた拳が、かすかに震えている。どうやら、権兵衛が殺し人の元締であることを知っているようだ。

「権兵衛は、どこにいる」

糸川が語気を強くして訊いた。

「茅町と聞きやした」

「茅町のどこだ」

糸川が畳み掛けるように訊いた。茅町はひろい。茅町と分かっただけでは、探しようがない。

「料理屋と聞いたような気がしやすが」

「木梨と同じ店ではないか」

糸川の声が大きくなった。

「そうかもしれねえ」

勝五郎が首を捻った。古い記憶なのではっきりしないのだろう。

「権兵衛のいる料理屋のことで、何か聞いていることはないか」

「桑次郎という男が、店は神田川のそばにあると口にしたのを覚えてやすが……」

勝五郎が語尾を濁した。

「神田川だな」

糸川が念を押すように言った。どうやら、糸川は神田川の近くにある料理屋を洗えば、権兵衛や木梨の居所が突き止められるとみたようだ。

市之介たちの勝五郎と庄吉に対する訊問は、それで終わった。ふたりは、日を置いて野宮に引き渡されるだろう。

3

翌日の昼過ぎ、市之介たちは茅町にむかった。闇の旦那と呼ばれる殺しの元締の住処《すみか》を突きとめるためである。分かっていることは、神田川のそばにある料理屋ということだけだった。

市之介たちは、それぞれ身を変えていた。これまで、市之介、糸川、佐々野、西宮、茂吉、次助の六人は、岸田屋のあるじが殺された現場に出かけたり、木梨家を二度にわたって見張り、猪助や勝五郎を捕らえて訊問したりしたので、権兵衛たちも市之介たちに気付いているとみたからだ。

六人のなかの四人の武士は、網代笠《あじろがさ》や深編笠などをかぶって顔を隠すとともに、旅装束にしたり、牢人ふうに身装を変えたりした。

市之介たちは浅草橋のたもとまで来ると、陽が沈むころにその場にもどることにして別れた。身装を様々に変えたこともあり、何人かでまとまって聞き込みにあたると、かえって人目を引くのだ。

市之介は茂吉を連れて、神田川沿いの道を東へむかった。賑やかな浅草橋のたもとを過ぎると、急に人通りはすくなくなったが、それでも柳橋方面へむかうひとたちの姿があった。

「料理屋だな」

市之介と茂吉は、川沿いを歩きながら料理屋を探した。

神田川沿いの道をしばらく歩いたとき、

「旦那、そこに料理屋がありやすぜ」

茂吉が通り沿いの店を指差して言った。

「ちいさな店だな」

料理屋だが、小体な店だった。二階もあったが、座敷は一間しかないようだ。それに、客がすくないらしく、ひっそりとしていた。

「この店ではないな」

市之介は、権兵衛が店のあるじなら別だが、そうでなければ、身を隠す部屋もないだろうと思った。

市之介たちは、小体な料理屋の店の前を通り過ぎた。

「旦那、歩きまわるより訊いた方が早《はえ》えや」

茂吉が歩きながら言った。

「近所の者に、訊いてみるか」

そう言って、市之介は通り沿いの店に目をやった。

通り沿いに紅屋があった。年増が店先で筆を手にし、貝殻に紅を塗っていた。紅は紅花を練ったもので、筆で貝殻に塗って売るのである。

「おれが、紅屋で訊いてみる」

市之介は、紅屋の前に立った。

年増は、いらっしゃい、と市之介に声をかけたが、顔には戸惑いと怯えの色があった。市之介は男である。しかも、牢人体だった。紅などには、まったく縁のない風貌である。

「ちと、訊きたいことがある」

市之介が小声で言った。

「何でしょうか」

年増は紅を塗る筆を手にしたまま訊いた。

「この通りに、料理屋はないかな」

市之介が訊いた。

「料理屋さんなら、何軒かありますが」

年増の顔から、戸惑いの色が消えなかった。

「大きな料理屋でな、隠居のいる店だ」

権兵衛が料理屋に身を隠すとすれば、店のあるじは年配の子分にやらせ、自分は隠居ということにして表には出ないようにしているのではないか、と市之介はみたのだ。

「ご隠居さんですか」

「そうだ」

「いるかどうか知りませんけど。……ご隠居さんのいるような老舗で大きな店なら、浜崎屋《はまざきや》さんと大黒屋《だいこくや》さんでしょうか」

年増は、二店ともこの先にあると言い添えた。

「手間を取らせたな」

市之介は紅屋の店先から離れた。

「旦那、せっかく紅屋に立ち寄ったんだから、紅を買えばよかったのに」

茂吉が口元に薄笑いを浮かべて言った。

「何で、おれが紅を買うのだ」

「奥さまのためですよ」

「い、いまは、それどころではない」

市之介が声を詰まらせて言い、急に足を速めた。

すこし歩くと、通り沿いに大きな料理屋があった。市之介と茂吉は通行人を装って、店の入口に近付いた。

「浜崎屋だ」

市之介は、入口の脇の掛行灯に、「御料理　浜崎屋」と書かれているのを目にしたのだ。

二階の座敷は三、四間あるらしかった。すでに、客が入っているらしく、男たちの談笑の声や嬌声、手拍子や三味線の音まで聞こえてきた。

市之介と茂吉は店の前を通り過ぎ、いっとき歩いてから神田川の岸際に足をとめた。

「盛っている店のようですぜ」

茂吉が言った。

「店の様子を訊いてみたいが」

市之介は通りの左右に目をやった。浜崎屋の者に訊けば早いが、店に入って訊くわけにはいかない。

「あそこに、下駄屋がありやす」

茂吉が指差した。半町ほど先に下駄屋があった。店先にあるじらしい男がいて、店のなかの台に、赤や紫色の鼻緒のついた下駄を並べていた。

「あっしが訊いてきやしょう」

茂吉が小走りに下駄屋にむかった。

市之介が岸際に立っていっとき待つと、茂吉がもどってきた。

「どうだ、何か知れたか」

市之介が訊いた。

「権兵衛の塒《ねぐら》は、浜崎屋じゃァありませんや」

茂吉が下駄屋のあるじから聞いた話によると、浜崎屋のあるじは五十がらみの富蔵《とみぞう》という男で、女将の他に身内は店にいないという。

「隠居所は、ないのだな」

市之介が念を押すように訊いた。

「ありやせん」

「浜崎屋ではないらしいな」

「旦那、大黒屋のことも聞いてきやしたぜ」

茂吉が、目をひからせて言った。

「何か知れたか」

「へい、大黒屋には隠居がいるそうでさァ」

「なに、隠居がいると」

市之介の声が、大きくなった。

「ですが、隠居の名がちがうんでさァ。善左衛門《ぜんざえもん》ってえ、善人みてえな名なんで」

「表向き、別の名を使ってるとみていい。それで、あるじの名は」

「あるじの名は吉蔵《よしぞう》で、こっちも悪党らしくねえ」

「名はどうでもいい。それで、大黒屋はどこにあるか聞いてきたか」

市之介が急かせるように訊いた。

「へい、聞いてきやした」

茂吉が聞いてきたことによると、この場から一町ほど歩くと左手に入る道があり、その入口の角のところに大黒屋はあるという。

4

「この店だな」

市之介は、左手に入る道の角で足をとめた。

大きな料理屋だった。掛行灯に大黒屋と記してある。入口の脇につつじの植え込みがあり、ちいさな籬《まがき》のそばに石灯籠が置いてあった。大黒屋と隣の一膳めし屋との間に小径があった。

市之介は小径のそばに行って覗いてみた。一膳めし屋や大黒屋の裏手へ通じているようだ。

市之介と茂吉は、左手に入る道に踏み込み、大黒屋の脇を通り過ぎた。そして、大黒屋からすこし離れたところで足をとめた。

そこは、神田川沿いの道とちがって、小体な八百屋、酒屋、一膳めし屋などが目についた。長屋や仕舞屋《しもたや》などもある。

市之介が、長屋の路地木戸から出てきた職人ふうの男を目にとめ、

「ちと、訊きたいことがある」

と、声をかけた。

「へい」

男は首をすくめた。市之介にむけられた目に怯えの色があった。いきなり牢人体の男に呼び止められたからだろう。

「そこに、大黒屋という料理屋があるな」

「ありやすが……」

「善左衛門という名のご隠居がいると聞いたのだがな」

市之介は善左衛門の名を口にした。

「いやす」

「ご隠居は、どこに住んでいるのだ」

市之介が訊くと、男は不審そうな顔をした。牢人らしい男が、突然料理屋の隠居のことなど訊いたからだろう。

「実は、おれの知り合いの武士がな。その隠居と懇意にしていて、ときどき大黒屋へ来るらしいのだ。武士が、大黒屋へ出入りするのを見たことがあるだろう」

市之介は、木梨や渡世人の桑次郎のことも訊いてみようと思ったのだ。

「大黒屋に出入りするお侍を見かけたことはありやす。いろんな客が来るので、気にもしやせんが」

男はつぶやくような声で言った。

「ご隠居は、ふだん店にいるのか」

あらためて、市之介が訊いた。

「店の裏に別の住いがあると聞いてやすが、あっしはご隠居の顔を見たこともねえし、はっきりしたことは分からねえ」

「そうか」

市之介は、これ以上訊いても無駄だと思い、職人ふうの男と別れた。

それから、市之介と茂吉は通りすがりの者や道沿いにあった店のあるじなどから話を聞き、大黒屋の裏手に隠居が住んでいることは分かったが、権兵衛かどうかはっきりしなかった。

「茂吉、浅草橋にもどろう」

市之介が声をかけた。すでに、陽は家並のむこうに沈んでいる。

浅草橋のたもとまで行くと、糸川たち四人の姿があった。市之介たちを待っていたらしい。

「待たせたか、すまん」

市之介たちは来た道を帰りながら話すことにした。

「権兵衛が身をひそめているような店は、みつからなかった」

糸川が言うと、佐々野たちも、それらしい店はなかったと話した。

「大黒屋という店の裏手に隠居が住んでいるらしいが、権兵衛かどうか、はっきりしないのだ」

市之介は歩きながら、茂吉とふたりで大黒屋をつきとめた経緯をかいつまんで話した。

「そういうことなら、明日、大黒屋を探ってみるか」

糸川が言った。

「近所で聞いても埒があかないぞ」

市之介は、近所の者に訊いても、権兵衛かどうかはっきりしないだろうと思った。それというのも、権兵衛は善左衛門と名を変えているだろうし、近所の住人で顔を見た者はあまりいないようなのだ。

「何かいい手はあるか」

糸川が訊いた。

「手はふたつある。ひとつは、夜になって大黒屋の裏手に忍び込み、離れに権兵衛が住んでいるかどうか確かめるのだ」

「もうひとつの手は」

「大黒屋を見張り、店の者をひとり捕らえて話を訊く」

「どちらの手がいいか……」

糸川はそうつぶやき、いっとき黙考していたが、

「裏手に忍び込もう」

と、声高に言った。

糸川は、店の者を捕らえた場合、権兵衛は捕らえられた者の口から己の居所が知れるとみて、姿を隠すはずだと言い添えた。

その日遅く、市之介が屋敷にもどると、玄関までおみつが出迎えに出て、

「ご無事でよかった」

と、ほっとした顔をして言った。

このところ、市之介は牢人ふうに身を変えて出かけ、帰りはいつも夜遅かった。ときには、帰らない日もある。それで、おみつは心配していたのだろう。

「心配するな。姿を変えて、町を見回っているだけだ」

市之介が、笑みを浮かべて言った。

「義母上《ははうえ》も心配されて、わたしに旦那さまは何をしているのか何度も訊かれたんですよ」おみつが、市之介の後についてきながら言った。

「伯父上に頼まれた仕事だと、話しておいてくれ」

そう言って、市之介は座敷に入ると、すぐに着替え始めた。

おみつは、市之介の後ろにまわり、着替えを手伝い始めた。すると、市之介はおみつの手を握り、

「今夜な」

と、おみつの耳元でささやいた。

「まァ……」

おみつは手を握られたまま、顔をほんのり朱に染めた。

5

陽は西の家並の向こうに沈み、空は茜色に染まっていた。すでに、暮れ六ツ(午後六時)の鐘が鳴り、樹陰や家の軒下などには淡い夕闇が忍び寄っていた。

市之介、糸川、茂吉の三人は、神田川沿いの道を東にむかって歩いていた。三

人とも闇に溶ける茶や黒の装束に身をかためていた。今夜、大黒屋の裏手に忍び込むことになっていたのだ。佐々野と西宮は、浅草橋のたもとで待っているはずである。

市之介たちが浅草橋のたもとに行くと、佐々野と西宮が待っていた。すでに、辺りは淡い夜陰に染まっている。

浅草橋を行き来する人は、日中より少なかった。旅人や駕籠などはあまり見られず、浅草寺方面に遊山に行くらしい男が目についた。

「まだ、すこし早いな」

市之介が西の空に目をやって言った。まだ、ほのかに茜色が残っていた。

「ともかく、大黒屋の様子を見てみるか」

糸川が言った。

「そうだな」

市之介たち五人は間をとり、ばらばらになって歩いた。権兵衛の手下の目にとまらないようにしたのだ。

先にたった市之介と茂吉は、神田川沿いの通りから左手に入る道の近くまで来て足をとめた。そして、糸川たちがそばに来ると、

「そこの角にある店だ」

と言って、大黒屋を指差した。

すでに辺りは夜陰につつまれ、大黒屋の二階の座敷の明かりが障子に映じ、闇のなかに浮かびあがったように見えた。談笑の声、嬌声、三味線の音、手拍子などが、さんざめくように聞こえてくる。

「おれと茂吉で、様子をみてくる」

そう言い残し、市之介は茂吉を連れてその場を離れた。

市之介たちは大黒屋の近くの暗がりに身を寄せて、店先に目をやった。客が大勢入っているらしく、賑やかだった。市之介たちにとっては、都合がよかった。侵入の物音を消してくれるからだ。

「茂吉、裏手を覗いてみるか」

「へい」

市之介と茂吉は、大黒屋の前の道に目をやり、人の行き来が途絶えたときに、大黒屋と一膳めし屋との間の小径に踏み込んだ。

市之介たちは、音のしないように歩き大黒屋の裏手にむかった。店の裏手には、松や紅葉などの庭木が植えられていた。小径は、その庭木の先につづいている。

「旦那、家がありやす」

茂吉が指差した。大黒屋の裏手からすこし離れたところの小径沿いに灯《ひ》の色があった。家屋から洩れる灯である。

市之介と茂吉は音のしない小径を歩き、灯の洩れる家屋に近付いた。思ったより大きな家だった。家の前に狭いが、庭もあった。隠居所か妾宅《しょうたく》ふうである。家には低い板塀がめぐらせてあり、吹き抜け門があった。門といっても丸太を二本立てただけの簡素な物で、門扉もなかった。自由に出入りできる。

市之介と茂吉が板塀の上から覗くと、庭に面した座敷の障子に灯の色があった。そこから男の談笑の声が聞こえてきた。

「旦那、一杯やってるようですぜ」

茂吉が小声で言った。

「ここが、権兵衛の隠居所らしい」

座敷で話しているのは、権兵衛の子分たちではないか、と市之介はみた。

何を話しているのか分からなかったが、会話のなかに武士らしい物言いがかすかに聞き取れたのだ。

市之介と茂吉は板塀に身を寄せて、聞き耳をたてた。くぐもった声がかすかに聞こえるだけで、話の内容は聞き取れなかった。

「いずれにしろ、もうすこし探ってみないとな」

市之介と茂吉は、来た道を引き返した。糸川たちの手も借りて、肝心の権兵衛がいるかどうか確かめようと思った。

市之介たちは、糸川たちのそばにもどると、大黒屋の裏手に隠居所らしい家があり、子分らしい男たちがいることを話した後、

「どうだ、二手に分かれないか。五人もで裏手にもぐり込むことはないからな」

と、言い添えた。

そして、市之介と糸川のふたりで裏手に潜入し、茂吉、佐々野、西宮の三人は、大黒屋から出てきた客に店の様子を訊くことになった。市之介が糸川とふたりだけで裏手に侵入しようと思ったのは、家にいる者たちと闘いになったとき、糸川といっしょなら逃走できると踏んだからだ。

それからしばらく待つと、通りの人影がすくなくなり、料理屋や飲み屋などから帰る酔客が目立つようになった。

「おれたちは、踏み込むぞ」

市之介がそう言い、糸川とともに大黒屋に近付いた。

大黒屋の近くに人影がなかったので、市之介と糸川は難なく店の脇の小径をたどって裏手にむかった。板塀越しに見ると、隠居所と思われる家にはまだ灯の色があった。男たちの談笑の声が聞こえる。酔っているらしく、哄笑《こうしょう》や濁った声が多かった。

「近付いてみよう」

市之介と糸川は、小径沿いにある吹き抜け門から入り、音をたてないように抜けて家に近付いた。男たちのいる座敷は、縁側に面していた。そこから、庭に下りられるようになっている。

右手に家の戸口があった。板戸になっている。すこしあいていた。戸締まりなどしてないようだ。

市之介たちは縁側に身を寄せ、庭木の陰の闇のなかに屈《かが》んで聞き耳をたてた。座敷から男たちの談笑の声が聞こえてきた。男たちのやり取りから、酒を飲んでいることが分かった。四、五人いるらしい。

……権兵衛の子分たちだ！

市之介は確信した。やはり、善左衛門は権兵衛であることを隠すための偽名のようだ。おそらく、あるじの吉蔵も偽名であろう。

男たちは、市之介たちが捕らえた猪助や利根吉のことを話題にしていたのだ。男たちのやり取りから、市之介たちのことを、八丁堀ではなく火盗改《かとうあらため》とみているようだった。

……木梨の旦那、もう一杯。

という男の声が聞きとれた。

木梨は、座敷にいる！　と市之介は胸の内で、声を上げた。

……火盗改でないかもしれんぞ。

木梨が言った。

……おれも、火盗改ではないとみているのだ。勝五郎を捕らえたのは、何人もの武士と聞いたぞ。火盗改なら、何人もで木梨の旦那の屋敷近くに張り込んだりしないはずだ。やつらは、手先を使うからな。

……桑次郎の兄い、八丁堀でも火盗改でもねえとすると、勝五郎をお縄にしたのはだれの仕業とみてるんです。

別の男が訊いた。

どうやら、座敷には長脇差を遣う渡世人だった桑次郎もいるようだ。

……おれは、幕府の目付筋とみる。

「……め、目付筋！」

男の驚いたような声がした。座敷の奥から聞こえた。桑次郎とやり取りをしていた男とは別の声である。

「……おれは、旗本だからな。目付筋に目をつけられたのかもしれん」

木梨が言った。

「……八丁堀がかかわっているのも、まちげえねえぜ。これまで、おれたちを追い回していたのは八丁堀だからな。八丁堀の手が、おれたちまで伸びねえように、何人も始末したじゃァねえか」

桑次郎の昂《たかぶ》った声がした。

……八丁堀に目付筋もくわわったということか。

木梨の渋い声が聞こえた。

次に話す者がなく、座敷は静かになったが、

「……いずれにしろ、おれたちが片付けてやる」

木梨が語気を強くして言った。

それからしばらくすると、座敷にいる男たちの話は、柳橋の綺麗所や吉原《よしわら》の花魁《おいらん》の話になった。下卑た笑い声が、障子のむこうで何度もひびいた。

「裏手にまわってみるか」

市之介が、糸川に声をひそませて言った。

まだ、肝心の権兵衛が家にいるかどうかつかめなかった。市之介と糸川は足音を忍ばせて、隠居所と思われる家の脇を通って裏手にむかった。

ふたりは裏手の台所の脇まで行ってみたが、権兵衛がいるかどうか分からなかった。ひとのいる気配のする部屋はあったが、男か女かもはっきりしない。

「権兵衛は、ここにいるとみていいのではないか」

市之介は、ここが権兵衛が身を隠している隠居所にまちがいないと思った。

「ここしか、権兵衛の隠れ家はないはずだからな」

糸川も、権兵衛はこの隠居所にいるとみているようだ。

「表にもどるか」

ふたりは小径をたどり、大黒屋の脇から通りに出た。そして、神田川の方へ足をむけた。

そのとき、市之介と糸川の姿を目にとめた者がいた。大黒屋から出てきた若い衆である。

ただ、若い衆は市之介たちが店の裏手にまわり、隠居所の様子を探っていたとは思わなかった。大黒屋の脇から離れていくふたりの後ろ姿を目にとめたので、店の様子を探っていたとみたのだ。

若い衆は店にもどり、あるじの吉蔵こと権兵衛の右腕の駒蔵に市之介たちのことを話した。

6

市之介と糸川は大黒屋から離れ、佐々野たちと別れた場所にもどった。佐々野たち三人は先に来て、市之介たちを待っていた。

「歩きながら話すか」

だいぶ遅くなったので、市之介は帰り道で話そうと思った。

市之介たちは神田川沿いの通りに出て、そのまま浅草橋の方へ足をむけた。神田川沿いの通りはひっそりとしていた。道沿いの店の多くは表戸をしめている。店をひらいているのは、赤提灯を出した飲み屋や小料理屋などである。通りかかるのは、遅くまで飲んだ酔っ払いだけだった。

「おれたちから、話そう」

そう市之介が切り出し、大黒屋の裏手の隠居所に木梨と桑次郎がいたことを話した。

「権兵衛がいるかどうかはっきりしなかったが、いるとみていいのではないかな。桑次郎と木梨がいたからな」

糸川が言い添えた。

「ちかいうちに、大黒屋の裏手に踏み込んで、木梨や権兵衛を捕らえたいが、野宮どのの手を借りねばならないな。木梨は我々の手で捕らえるつもりだが、権兵衛一味は野宮どのに任せたい」

糸川が、権兵衛一味の捕縛は町方の仕事だと言い添えた。

糸川の後、佐々野が聞き込みでつかんだことを話した。佐々野によると、大黒屋から出てきた客のなかに、大黒屋のあるじは吉蔵を名乗っているが、駒蔵という名ではないかと口にした者がいたという。

「やはり、吉蔵は駒蔵とみていいな。どうやら、権兵衛一味は、大黒屋と隠居所にいるようだ」

市之介が、断定するように言った。

市之介たちは、そんなやり取りをして歩いているうちに浅草橋のたもとを過ぎて、平右衛門町《へいえもんちょう》に入った。

辺りが、急に寂しくなった。通りの人影は途絶え、通り沿いの家々は表戸をしめてひっそりと夜の帳《とばり》につつまれている。

「旦那、後ろのふたり、ずっと跡を尾《つ》けてきやすぜ」

茂吉が、市之介に身を寄せて言った。

市之介は振り返って見た。半町ほど離れて、ふたりの男が歩いてくる。ふたりとも、武士ではなかった。ひとりは遊び人ふうで、小袖を裾高に尻《しり》っ端《ぱし》折《よ》りしていた。夜陰のなかに、両足が白く浮き上がったように見えた。もうひとりも町人体で、小袖を尻っ端折りし、股引《ももひき》を穿いていた。月明りのなかに、腰に何か差しているのが見えたが、刀か脇差なのかもはっきりしなかった。

……桑次郎か！

と、市之介は思ったが、ちがうような気もした。市之介たちは五人いた。いかに桑次郎の腕がたとうと、ふたりだけで市之介たちを襲うはずはない。

市之介たちがさらに歩くと、前方に神田川にかかる新シ橋が見えてきた。橋梁が、夜陰のなかに黒く横たわっている。

神田川沿いの通りはひっそりとして、聞こえてくるのは市之介たちの足音と、左手に流れる神田川の水音だけである。

新シ橋が前方に迫ったとき、

「橋のたもとに、だれかいるぞ！」

前を歩いていた糸川が、声高に言った。

見ると、橋のたもとの岸際に人影があった。夜陰にとざされてはっきりしないが、刀を差しているのが分かった。武士らしい。

「辻斬りか」

糸川が言った。立っているのがひとりだったので、辻斬りとみたらしい。

市之介たちは、足をとめなかった。辻斬りであっても、味方は五人である。辻斬りの方が逃げるだろう。

市之介たちは、橋のたもとに近付いた。そのとき、背後で足音が聞こえた。後ろにいたふたりが足早に近付いてくる。

「他にもいる！」

佐々野が声を上げた。

岸際に植えられた柳の樹陰から、何人も出てきた。五人いる。武士がひとり、他の四人は町人体だった。いずれも遊び人ふうである。

五人は、足早に近付いてきた。すると、背後のふたりが、さらに足を速めた。

「おれたちを襲う気だ！」

糸川が声を上げた。

「川を背にしろ！　挟み撃ちになる」

市之介の声で、糸川たちは神田川の岸を背にして立った。背後からの攻撃を避けるためである。

そこへ、市之介たちの左手から五人、右手からふたり、ばらばらと走り寄った。

市之介の前に立ったのは、大柄な武士だった。木梨である。木梨は、市之介から三間半ほどの間合をとって相対した。

「今日こそ、始末をつけてやる」

木梨がそう言って、長刀の柄に手を添えた。

すかさず、市之介は抜刀体勢をとった。

糸川の前に立った男は小袖の裾を尻っ端折りし、股引を穿いていた。長脇差を腰に差している。渡世人ふうの格好だった。

「桑次郎か！」

糸川が、殺し人と聞いていた男の名を口にした。

「おれの名を知っているのか。どうあっても、帰すわけにはいかないな」

男は長脇差を抜いた。やはり、桑次郎である。

糸川も抜き、切っ先を桑次郎にむけた。

このとき、佐々野は遊び人ふうの男と対峙《たいじ》していた。長身で、この男も長脇差を腰に帯びていた。もうひとり、小柄な男が佐々野の左手にまわり込んできた。

この男は匕首《あいくち》を手にしている。

茂吉は懐から十手を出し、

「やろう！　これが見えねえか」

と叫んで、前に立った遊び人ふうの男にむけた。

「その十手で、おれの匕首を受けてみな」

遊び人ふうの男は薄笑いを浮かべ、手にした匕首の切っ先を茂吉にむけて身構えた。

西宮はふたりの遊び人ふうの男を相手にしていた。ひとりは正面に立ち、もうひとりは右手に回り込んでいる。

7

「いくぞ！」

市之介が抜刀した。

すかさず、対峙していた木梨も刀を抜いた。長刀である。

木梨は長刀を振り上げて上段に構えた。すると、長い刀身が夜陰のなかに消えた。上段に構えた刀の切っ先を背後にむけたからだ。上段霞と呼ばれる木梨の独特の構えである。木梨は、この構えから眉間割りの太刀をくりだすのだ。

対する市之介は青眼《せいがん》に構え、切っ先を木梨の左拳にむけて上段に対応する構えをとった。以前木梨と立ち合ったときと同じ構えである。

ふたりの間合は、およそ三間――。

夜陰のなかで、ふたりの刀身が青白くひかっている。

このとき、糸川は桑次郎と対峙していた。

糸川は八相《はっそう》にとり、桑次郎は青眼に構えていた。青眼といっても、長脇差の切っ先が糸川の腹にむけられていた。しかも、ピクピクと切っ先を動かしている。

……喧嘩剣法か！

と、糸川はみた。桑次郎の遣う長脇差は、剣術道場の稽古を通して身につけたものではない。渡世人たちの喧嘩や殺し人として、長脇差で人を斬るなかで身につけた刀法であろう。

桑次郎の構えは隙だらけだったが、全身に殺気がみなぎっていた。身を挺して斬り込んでくるにちがいない。

侮れない、と糸川はみた。真剣勝負のなかで身につけた剣は、こうした斬り合いでは威力を発揮するのだ。

「おれの剣を受けてみろ！」

そう声を上げ、糸川は八相に構えたまま足裏を摺るようにして、ジリジリと間合を狭め始めた。

すると、桑次郎が低い青眼に構えたまま腰をすこし屈めた。両足の踵《かかと》がすこし浮いている。糸川の隙をみて、飛び込んでくるにちがいない。

ふたりの間合が狭まるにつれ、桑次郎の体がわずかに前後に動いた。全身に、斬撃の気が漲《みなぎ》っている。

「殺してやる！」

突如、桑次郎が甲走った声で叫んだ。声で威嚇し、糸川の寄り身をとめようとしたらしい。

だが、桑次郎は声を発したことで、構えが乱れた。この一瞬の隙を、糸川がとらえた。鋭い気合を発し、踏み込みざま斬り込んだ。

八相から袈裟《けさ》へ——。

咄嗟《とっさ》に、桑次郎は右手に跳んだ。素早い動きである。

糸川の切っ先が桑次郎の左肩先をとらえたが、肌を浅く斬り裂いただけだった。桑次郎の動きが速かったのだ。

次の瞬間、桑次郎はさらに後ろに跳び、大きく間合をとってふたたび長脇差の切っ先を糸川にむけた。

「やるじゃァねえか！」

桑次郎が、糸川を見据えて言った。その目が血走り、低い青眼に構えた長脇差の切っ先が揺れていた。

いきなり、桑次郎が仕掛けてきた。長脇差を低く構えたまま、すこし前屈みになって間合をつめてくる。

対する糸川は、動かなかった。八相に構えたまま、桑次郎との間合と気の動きを読んでいる。

ふいに、桑次郎の寄り身がとまった。まだ、一足一刀の斬撃の間境《まざかい》の外である。

……この遠間《とおま》から、くるのか！

糸川が頭のどこかで思ったときだった。

キエエッ！

桑次郎が猿声のような気合を発し、いきなり踏み込んできた。

桑次郎は脇差を振りかぶり、斬撃の間境に迫るや否や袈裟に払った。捨て身の攻撃といっていい。

咄嗟に、糸川は一歩身を引いて桑次郎の切っ先をかわし、刀身を横に払った。一瞬の太刀《たち》捌《さば》きである。

糸川の切っ先が、桑次郎の腹を横に斬り裂いた。桑次郎は呻き声を上げてよろめいたが、左手で腹を押さえて踵《きびす》を返した。そして、右手で長脇差を振りかぶった。目をつり上げ、歯を剝き出している。手負いの獣のようである。

「死ね！」

叫びざま、桑次郎は右手だけで長脇差を振り上げ、糸川に斬りつけた。

一瞬、糸川は一歩身を引いて桑次郎の切っ先をかわすと、鋭い気合を発し、刀身を横に払った。

糸川の切っ先が、桑次郎の首をとらえた。

ビュッ、と血が赤い帯のようにはしった。糸川の切っ先が、桑次郎の首の血管《ちくだ》を斬ったのだ。

桑次郎は血を撒《ま》き散らしながらよろめき、何かに爪先をとられて俯《うつぶ》せに倒れた。

地面に伏臥した桑次郎は、四肢を痙攣《けいれん》させていたが、いっときすると動かなくなった。絶命したようである。闇につつまれた地面に、赭黒《あかぐろ》い血がひろがっていく。


このとき、市之介は木梨と一合した後だった。市之介は木梨の眉間割りの太刀に左肩を斬られ、木梨は市之介が横に払った太刀で、右の二の腕を斬られていた。だが、ふたりとも浅手だった。皮肉を浅く裂かれただけである。

ふたりはふたたび上段霞と青眼に構えて対峙したが、木梨は桑次郎が斬られたのを目の端に捉えると、

「勝負、預けた！」

と言いざま、素早い動きで後じさった。

そして、市之介との間があくと、「引け！　引け！」と仲間たちに叫び、刀を手にしたまま走りだした。

西宮と茂吉に匕首をむけていたふたりの男が、反転して逃げ出した。もうひとり、佐々野の前にいた男も逃げたが、ふたりの男が呻き声を上げて岸際にうずくまっていた。佐々野と西宮に匕首をむけていた四人のうちのふたりである。

市之介たちは逃げる木梨たちを追わず、呻き声を上げているふたりの男に近付いた。

市之介は、腹を斬られてうずくまっている遊び人ふうの男の肩に腕をまわして支えてやり、

「権兵衛の手の者か」

と、核心から訊いた。長くは持たないとみたのである。

「……！」

男は市之介に目をむけたが、苦しげに顔をしかめただけだった。

「木梨たちは、おまえを見捨てて逃げたのだぞ。そんなやつらに、義理立てすることはあるまい。それとも、権兵衛たちが駆け付けて助けてくれるとでも思っているのか」

市之介が言うと、男の顔に戸惑うような表情が浮き、すぐに憎悪の色に変わった。

「権兵衛の手の者だな」

もう一度、市之介が訊いた。

「そ、そうだ……」

男が声をつまらせて答えた。隠す気はなくなったようだ。

「権兵衛は、大黒屋の裏手の隠居所にいるのか」

市之介たちは、隠居所に権兵衛がいるのかどうか摑んでいなかったのだ。

「ちかごろは、いないことが多い……」

「どういうことだ」

「だ、大黒屋に、目を付けた者がいるからだ」

そう言って、男は上目遣いに市之介を見た。その顔が土気色になり、体の顫《ふる》えが激しくなった。息も乱れている。

「隠居所にいないときは、どこにいるのだ」

すぐに、市之介が訊いた。何とか、権兵衛の居所を聞き出したかった。

「し、知らねえ」

そう言った後、男は苦しげな呻き声を上げ、急にぐったりとなった。そして、体を市之介に預けたまま息絶えた。

市之介と同じように、糸川がもうひとりの男から話を訊いていたが、その男も絶命したらしく、地面に横たわっていた。

「糸川、何か分かったか」

市之介が糸川に訊いた。

「権兵衛の居所を訊いたが、分からなかった。……ただ、死に際に情婦《いろ》のところかもしれない、と口にした」

「情婦のところか」

権兵衛は情婦のところにいるようだ、と市之介は思った。

第五章　襲撃

1

「旦那さま、今日はどちらへ」

おみつが、乱れ箱の羽織を手にして訊《き》いた。

市之介はおみつに羽織をかけてもらいながら、

「今日は、そば屋で糸川たちと会うだけだ」

と、素っ気なく言った。市之介は糸川たちと、そば屋の笹川で会うことになっていた。今後、どうするかあらためて相談するためである。

「旦那さまが、お怪我をなされたので、わたし心配で……」

おみつが、声をつまらせて言った。

市之介が木梨と闘い、左肩を斬られて帰ってきた翌日だった。おみつは市之介の怪我を見て、ひどく心配になったらしい。

「かすり傷ではないか。……ほら、このとおり、たいした傷ではない」

市之介は左肩をまわして見せた。

「それにな、今日は早く帰る」

そう言って、市之介は大小を手にして座敷を出た。おみつは、慌てた様子で市之介の後についてきた。

「夕餉《ゆうげ》も、家で食べるからな。酒を用意しておいてくれ」

そう言い残し、市之介は玄関を出た。

表門の脇で、茂吉が待っていた。今日は、茂吉も笹川に行くことになっていたのだ。

「ヘッヘヘ……。今日は、笹川で一杯できやすね」

茂吉が目尻を下げて言った。

「酒を飲みにいくわけではないぞ」

「分かってやすよ。まだ、肝心の権兵衛と木梨が残っていやすからね。気を抜くわけにはいかねえ」

茂吉が顔をひきしめて言った。

市之介たちが笹川に着くと、いつもの二階の小座敷に糸川、佐々野、西宮の三人が先に来て待っていた。

市之介と茂吉が小座敷に腰を下ろすと、すぐに店のあるじが顔を出した。市之介たちは酒とそばを頼んだ。

先に酒がとどき、五人で注ぎ合っていっとき飲んだ後、

「さて、どうする」

と、市之介が切り出した。

「権兵衛の居所をつかむのが先だな」

糸川が言った。

「離れにいないときは、情婦《いろ》のところにいるとのことだったが、権兵衛はどこかで囲っているのかな」

「分からん。小料理屋の女将でも、やっているのかしれん。いずれにしろ、茅町界隈にいるとみるがな」

「おれも、大黒屋と遠くないところにいるとみる」

市之介は、権兵衛が大黒屋に近い隠居所にいたり、情婦の許にいたりすること

から、離れた場所ではないとみていた。

そのとき、市之介と糸川のやりとりを聞いていた佐々野が、

「大黒屋にいる駒蔵を捕らえて口を割らせますか。駒蔵なら、権兵衛の情婦のことも知っているはずです」

と、身を乗り出して言った。

「佐々野の言うとおりだが、駒蔵を押さえるのはどうかな」

駒蔵を捕らえれば、駒蔵の口から居所が知れるとみて権兵衛は情婦の許からも姿を消すのではないか、と市之介はみた。

そのことを市之介が話すと、

「おれもそうみるな」

糸川が、言い添えた。

次に口をひらく者がなく、小座敷は沈黙につつまれていたが、

「大黒屋を見張り、駒蔵や子分たちの跡を尾《つ》けて、権兵衛の情婦のいる場所をつかむしかないか」

と、市之介が言った。

「それも、むずかしいぞ。駒蔵や子分たちも、迂闊に権兵衛の情婦の許に出かけ

たりはしないはずだ」

糸川が口をはさんだ。

「そうだな」

駒蔵や子分たちは用心して、権兵衛の情婦のところへ行かないのではないか、と市之介もみた。

「旦那、いい手がありやす」

それまで、黙っていた茂吉が口を挟んだ。

「どんな手だ」

市之介が訊いた。座敷にいた糸川たちの目が、茂吉に集まっている。

「次助の手を借りるんでさァ」

「御用聞きの次助か」

次助は、野宮から手札をもらっている岡っ引きだった。木梨家を見張り、勝五郎を捕らえたときに手を貸してくれた男である。

「次助に、博奕の科《とが》で大黒屋にいる子分をお縄にしてもらうんでさァ。そうすれば、権兵衛も情婦のところから姿を消したりしねえ」

「茂吉、いい手だ」

市之介が声を上げた。

「あっしも、伊達に十手を持ち歩いてるわけじゃァねえんで」

茂吉が胸を張った。

「おれが、野宮どのに話して次助の手を借りることにする。それに、これまでのことを野宮どのの耳にも入れておきたいからな」

市之介は、権兵衛を押さえたり、離れにいる木梨たちを捕らえるときは、野宮に捕方を出してもらうつもりでいたのだ。

「野宮どのには、おれから話しておく」

市之介は、野宮の市中巡視のおりに会って話そうと思った。

それから、市之介たちは、とどいたそばをたぐってから笹川を出た。

2

翌日、市之介は茂吉とふたりで、神田川にかかる和泉橋を渡った先のたもとで野宮が通りかかるのを待っていた。野宮は市中巡視のおりに、和泉橋のたもとを通るのだ。

市之介たちが橋のたもとに立って、半刻（一時間）も経ったろうか。野宮が姿を見せた。手先を三人連れていた。小者と岡っ引きふたりである。

「次助もいっしょですぜ」

茂吉が声を上げた。次助は野宮の後についていた。

野宮が足を速めた。橋のたもとで待っている市之介たちに気付いたらしい。

「おれを待っていたのか」

先に、野宮が訊いた。

「そうだ。いろいろ野宮どのの耳に入れておきたいことがあってな。……ここに立っていては人目を引く、歩きながら話そう」

市之介は、ゆっくりと歩きだした。

「実は、殺し人の元締の権兵衛が、茅町にある大黒屋という料理屋に身を隠していると知って、探ったのだ」

市之介はそう切り出し、大黒屋を探った帰りに木梨たち殺し人と駒蔵の子分たちに神田川沿いの通りで襲われたことを話した。

「それで、どうした」

野宮が驚いたような顔をして訊いた。

「木梨たちは、襲うまで気付かなかったようだが、おれたちは五人もいたのだ。それで、返り討ちにすることができた」

市之介は、殺し人の桑次郎と権兵衛の子分ふたりを斬ったことを話した。

「さすが、青井どのたちだ。やることが早い」

野宮が感心したように言った。

「たまたま糸川や佐々野たちが、いっしょだったからな。……だが、肝心の権兵衛は大黒屋を出てどこかに身を隠したらしいのだ」

市之介は、情婦のことは口にしなかった。

「その隠れ家はどこにあるか、分からないのだな」

「分からない。それで、野宮どのに頼みがあるのだ」

「頼みとは」

野宮は歩調を緩めて市之介に顔をむけた。

「子分をひとり捕らえて、権兵衛の隠れ家を聞き出したいのだが、また次助の手を借りたい」

「次助ひとりでいいのか」

「ひとりでいい。権兵衛の子分のひとりを、殺し人の件とはまったくかかわりなく、博奕の科か何かで捕らえてほしいのだ」

「何か子細がありそうだな」

「おれたちは、権兵衛たちに知られている。おれたちが子分を捕らえると、権兵衛は子分の口から隠れ家を知られるとみて、また別の場所に姿を隠すはずだ。それで、次助に殺し人とはまったく別の科で捕らえてもらいたいのだ」

「承知した。次助とそこにいる七兵衛《しちべえ》のふたりにやらせよう」

野宮はそう言って、後ろを歩いているふたりの岡っ引きに目をやった。

七兵衛という男は、年配だった。陽に焼けて浅黒い肌をし、細い目をしていた。七兵衛は、野宮と目が合うとちいさくうなずいた。

野宮は小者だけ連れて巡視にむかい、次助と七兵衛をその場に残した。

「野宮どのとの話を聞いていたか」

市之介がふたりに訊いた。

「へい」

年配の七兵衛が応え、次助は無言でうなずいた。

「ここに立っていては、人目を引く。歩きながら話そう」

市之介たちは、来た道を引き返し始めた。茅町まで足を運び、ふたりに大黒屋だけでも見せておきたかったのだ。

「野宮どのに話したとおり、博奕の科で権兵衛のことを知っている男を捕らえてほしいのだ。大黒屋にいる若い衆を狙えばいい」

市之介が、歩きながら言った。

市之介たちは神田川にかかる和泉橋を渡り、川沿いの道を東にむかった。そして、浅草橋のたもとを過ぎ、茅町一丁目に入った。

市之介は大黒屋が見えるところまで来ると足をとめ、

「この先に左手に入る道があるな。その道の角にある料理屋が大黒屋だ」

と、指差して言った。

「大きな店だ」

次助が驚いたような顔をした。

「ここからでは見えないが、大黒屋の店の前に左手に入る道がある。その道のどこかに身を隠して、店から若い衆が出てきたら博奕の科で捕らえてくれ」

「承知しやした」

「店から離れてから、捕らえた方がいいな。店の近くで大騒ぎになると、子分たちが出てきて騒ぎたてるかもしれん」

　悪くすれば、次助たちを襲うかもしれない、と市之介は思った。

「あっしらもふたりだけでなく、手先を何人か連れてきやす」

　七兵衛が言った。

「おれもいっしょにいたいが、おれがいると、博奕の科でないことが分かってしまうからな」

「若い衆、ひとりなら、あっしらだけでどうにかなりまさァ」

　七兵衛が言うと、次助が「まかせてくだせえ」と言い添えた。

「おれは、このまま帰るぞ」

「あっしらは、明日ここに来やす」

　七兵衛が、今日のうちに手先たちに連絡を取ると言った。

「頼むぞ」

　そう声をかけ、市之介は踵《きびす》を返した。

　茂吉が慌ててついてきた。七兵衛と次助は、その場に残って大黒屋に目をやっている。

3

「旦那！　旦那！」

縁先で、市之介を呼ぶ茂吉の声がした。

市之介は遅い朝餉《あさげ》をとった後、縁側に面した座敷で、おみつが淹《い》れてくれた茶を飲んでいたのだ。

すぐに、市之介は立ち上がり、縁側に面した障子をあけた。縁先に茂吉と次助が立っていた。

「どうした」

市之介が訊いた。

「竹造《たけぞう》ってえ男をお縄にしやした」

次助が口早に話したことによると、竹造は大黒屋の若い衆で、店を出て大川の方へむかったところを博奕の科で捕らえたという。

「竹造という男は、いまどこにいる」

「茅町の番屋でさァ。野宮の旦那もいやす」

次助が、七兵衛親分は、竹造のそばについてやす、と言い添えた。

「おれたちも、行こう。茂吉、いっしょに来るか」

「お供しやす！」

茂吉が声を上げた。

市之介たちは、次助の先導で浅草茅町にむかった。次助が連れていったのは、茅町二丁目の自身番屋だった。

腰高障子をあけると、左手の板壁に火消し道具や提灯などが並び、右手には捕物三具と呼ばれる突棒《つくぼう》、刺又《さすまた》、袖搦《そでがらみ》が立て掛けてあった。

手前の座敷に、家主と番人が殊勝な顔をして座っていた。奥の座敷に野宮と七兵衛、それに遊び人ふうの男がいた。捕らえた竹造らしい。

市之介たちが入って行くと、奥の座敷から野宮が出てきて、

「すまねえが、ふたりは出てくんな。込み入った調べでな。まだ、だれにも聞かせたくねえんだ」

と、家主と番人に言った。伝法な物言いである。これが、ふだん野宮が巡視のおりに町人相手に遣う言葉なのだろう。

八丁堀同心のなかでも定廻《じょうまわ》り同心は、伝法な物言いをする者が多かった。巡視

や聞き込み、下手人の捕縛のおりなどに、博奕打ち、凶状持ち、無宿者などと接する機会が多く、どうしても言葉遣いが乱暴になるのだ。

家主と番人が出て行くと、

「上がってくれ」

野宮が市之介に声をかけた。

市之介が奥の座敷に入ると、若い遊び人ふうの男が、後ろ手に縛られていた。額に痣《あざ》があり、血が滲み出ていた。捕らえられるときに抵抗し、十手で殴られたのであろう。

「こいつの名は、竹造だ」

野宮が言った。

「竹造に、訊いてもいいかな」

「訊いてくれ」

市之介が竹造を見すえ、

「大黒屋の若い衆だな」

と、念を押すように訊いた。

「あっしは、博奕などやっちゃいねえ。何かの間違いだ」

竹造が身を乗り出して市之介に訴えた。

「おまえは、博奕をやってないかもしれん。おまえを捕らえたのは、殺しの科だ」

「こ、殺し！」

竹造は目を剝いた。

「おまえは、殺しの片棒を担いだはずだ」

「し、知らねえ！　殺しなど、何のかかわりもねえ」

竹造が声高に言った。

「何も知らないと言うのか」

「知りやせん」

「大黒屋の離れに身を隠していた権兵衛を知らないというのか」

「……！」

一瞬、竹造は凍りついたように身を硬くした。そして顔から血の気が引き、体が顫《ふる》えだした。

「権兵衛を知っているな」

市之介が語気を強くして訊いた。

「な、名を、聞いたことはありやす」

竹造が声を震わせて言った。

「竹造、権兵衛を庇《かば》うと仲間とみなされ、死罪は免れないぞ」

「し、死罪……」

竹造の顔が蒼ざめ、体の顫えが激しくなった。

「おまえは、何も知らずに使いを頼まれただけではないのか。もしそうなら、すぐに放免されるはずだ。ただ、隠し立てして口をつぐんでいれば、権兵衛の仲間とみなされる」

「あっしは、用を頼まれただけで」

竹造が身を乗り出して言った。

「駒蔵に用を頼まれ、権兵衛のところに行っただけか」

「そうでさァ」

「行っただけなら、隠すことはないな。権兵衛はどこにいるのだ」

市之介が竹造を見すえて訊いた。

「ふ、福井町《ふくいちょう》で……」

「福井町のどこだ」

浅草福井町は、茅町の西方にひろがっている。ひろい町で、福井町というだけでは探しようがない。

「福井町一丁目に、滝田屋《たきたや》ってえ老舗のそば屋がありやす。その店の脇でさァ」

「情婦《いろ》といっしょか」

「そうで……」

「情婦は囲われているのか」

「美鈴《みすず》ってえ小料理屋をやってやす」

「美鈴か。それで、女将の名は」

「おしげさんで」

「おしげな」

市之介は、これだけ分かれば、権兵衛の居所はつきとめられるとみた。

4

市之介は竹造を野宮にまかせ、茂吉と次助を連れて福井町にむかった。福井町は茅町から近かった。茅町と通りを隔てて向かい合っている。

市之介は福井町一丁目に入ると、すぐに通り沿いの店に立ち寄って滝田屋という老舗のそば屋のことを訊いた。だが、分からなかった。

市之介は三人で手分けして探した方が早いとみて、通り沿いにあった稲荷の前に足をとめ、

「手分けして探すことにする。一刻（二時間）ほどしたら、この場に集まってくれ」

と言って、三人はその場で別れた。

市之介たちは、三方にむかった。市之介は北、茂吉は南、次助は西に足をむけた。東方は茅町である。

市之介は通り沿いの店に立ち寄ったり、道で出合った土地の住人らしい者に滝田屋の名を出して訊いたが、知る者はいなかった。

市之介は陽が西の家並の向こうに沈みかけているのを目にし、そろそろ一刻経つ、とみて、稲荷にもどった。

稲荷の赤い鳥居の前に、茂吉が待っていた。次助の姿はなかった。まだ、もどってないらしい。

「茂吉、知れたか」

すぐに、市之介が訊いた。

「それが、滝田屋を知る者がいねえで」

茂吉が眉を寄せて言った。

「おれも、無駄骨だった」

ふたりがそんなやり取りをしているところに、次助がもどってきた。次助は急ぎ足で来たらしく顔が紅潮し、息が荒かった。

「し、知れやした、美鈴が！」

次助が声をつまらせて言った。

「知れたか」

「へい」

「案内してくれ」

市之介たちは、次助の先導で美鈴にむかった。

次助は西方に足をむけて福井町三丁目近くまで行くと、道沿いにあった八百屋の脇に立ち止まり、

「その店が、滝田屋でさァ」

と言って、二階建ての店を指差した。老舗のそば屋らしく、年数を経た建物だ

った。店先に暖簾《のれん》が出ている。盛っているらしく、職人ふうの男がふたり、店に入っていくところだった。二階の座敷からも、客らしい男の声が聞こえた。

「隣にあるのが、美鈴だな」

市之介が指差して言った。

滝田屋の隣に、小料理屋らしい店があった。ただ、小料理屋にしては大きく、二階にも座敷があるようだった。

店の入口は、洒落《しゃれ》た格子戸になっていた。市之介たちのいる場所からは、客がいるかどうかも分からなかった。

「店の前を通って、様子をみてみるか」

市之介が先にたって、美鈴にむかった。

茂吉と次助はそれぞれ間を取り、通行人を装って市之介についてきた。

市之介の近くを物売りが歩いていたので、不審を抱かせないように美鈴の前に立ち止まらず、歩調を緩めただけで通り過ぎた。それでも、入口の脇の掛行灯に、美鈴と書いてあるのが見てとれた。

市之介は歩きながら、店のなかから客らしい男の声がしたのを聞き取った。女将と思われる女の声もした。

市之介は美鈴の前を通り過ぎ、一町ほど歩いたところに空き地があったので、その前に足をとめた。

いっときして、茂吉と次助が市之介のそばに来た。

市之介が耳にしたことを口にした後、

「何か知れたか」

茂吉たちに目をやって訊いた。

「あっしも、店の客の声を聞いただけでさァ」

茂吉が言うと、

「旦那たちと同じで」

つづいて、次助が言った。

「権兵衛がいるかどうか、つきとめたいな」

市之介は、情婦の居所が分かっただけでは、どうにもならないと思った。

「近所の者に訊いてみやすか」

茂吉が言った。

「それも手だが、下手に近所で聞き込みにあたると、権兵衛とかかわりのある者の耳に入る恐れがある。店から出てきた客に、それとなく訊いてみよう」

市之介は、客の方が権兵衛に知れないのではないかと思った。

市之介たち三人は、陽が沈んで商いを終えて表戸をしめた店の脇に身を寄せ、美鈴から客が出てくるのを待った。

三人がその場に身を隠して一刻（二時間）ほど経ったろうか。美鈴の格子戸があいて、ふたりの男が姿を見せた。ふたりとも職人ふうだった。店先から離れると、何やら話しながらこちらに歩いてきた。

「おれが、訊いてみる」

市之介は、ふたりが近付くのを待って店の脇から通りに出た。

ふたりは、身を硬くして棒立ちになった。いきなり、店の脇から武士が出てきたので、辻斬りとでも思ったのであろう。

「すまん。驚かしてしまったか」

市之介が、苦笑いを浮かべて言った。

その人の良さそうな市之介の顔を見て、ふたりの男は安心したらしく、

「お武家さま、何か御用で」

と、四十がらみと思われる年嵩《としかさ》の男が訊いた。

「ちと、訊きたいことがあってな。足をとめさせては、申し訳ない。歩きながら

で、結構だ」

そう言って、市之介がゆっくりとした歩調で歩きだし、

「いま、ふたりが美鈴から出てきたのを目にしてな。ちと、訊きたいことがあるのだ」

と、照れたような顔をして切り出した。

「何です」

年嵩の男が、訊いた。もうひとりの小柄な男は市之介に目をやっただけで、何も言わなかった。

「おしげは、色っぽい年増だな」

市之介はおしげの名を出した。

「旦那は、おしげさんをご存じですかい」

「まァな。……ところで、ちと気になる噂を耳にしたのだがな」

市之介は急に声をひそめた。

「どんな噂です」

「いや、おしげの情夫《いろ》が店に来ていると聞いたのだ」

市之介が言うと、年嵩の男は戸惑うような顔をして口をとじた。すると脇にい

た小柄な男が、

「権兵衛さんですかい」

と、市之介に顔をむけて訊いた。

「権兵衛という名なのか」

市之介は知らんふりをした。

「そうでさァ」

「権兵衛は店にいるのか」

市之介は、権兵衛が店にいるかどうか知りたかった。

「いやす」

「すると、客が帰るとおしげは、情夫とふたりっきりか」

市之介が顔をしかめて言った。

「それが、旦那、ふたりっきりじゃァねえんで」

「板場に、包丁人でもいるのか」

「包丁人もいやすが、他にも男が二人いるようでさァ」

「どういうことだ」

市之介が、驚いたような顔をして訊いた。

「二階に、権兵衛さんといっしょにいるらしい。……大きな声じゃァいえねえが、権兵衛さんは、柳橋界隈で幅を利かせている親分のようですぜ」

小柄な男が言うと、

「お武家さまも、おしげさんは諦めた方がいいですよ。あっしらも、美鈴は肴《さかな》がうめえから行くんでさァ」

年嵩の男は市之介に身を寄せて言ってから、急に足を速めた。すると、小柄な男も足早に市之介から離れていった。ふたりは、お喋りが過ぎたと思ったらしい。

市之介は踵を返し、茂吉と次助のいる空き地にむかった。権兵衛の様子が知れたので、これ以上聞き込みをつづける必要はなかった。

5

市之介は茂吉と次助を連れて福井町に出かけた翌日、茂吉を連れ、和泉橋のたもとで野宮が来るのを待っていた。市之介は野宮と相談し、日を置かずに権兵衛の捕縛にむかおうと思ったのだ。

市之介が橋のたもとでいっとき待つと、野宮が姿を見せた。いつもの市中巡視と同じように手先を三人つれていた。次助の姿もあった。

野宮は市之介に気付くと足を速めて近付き、「歩きながら、話そう」と言って、ゆっくりした歩調で歩き出し、

「権兵衛の居所が知れたそうだな。次助から話を聞いて、今日のうちにもおれの方から連絡を取ろうと思っていたのだ」

と、先に言った。

「おれは、権兵衛のいる美鈴と茅町にある大黒屋に、日をおかずに踏み込んだ方がいいとみている。美鈴に踏み込んで日をおけば、大黒屋にいる者たちが逃走する。先に大黒屋に踏み込んでも同じだ。大黒屋で駒蔵たちを捕らえてから日をおけば、権兵衛が美鈴から姿を消すはずだ」

市之介が話した。

「おれも、できれば同時に踏み込みたいと思っているが、大勢の捕方を集めるには、今日明日というわけにはいかないな。それに、大勢集めると、与力の出役を仰ぐことになり、事前に権兵衛や駒蔵の耳に入る恐れがある」

野宮はそう言った後、

「できれば、明日にも踏み込みたい。ただ、おれが集められるだけの人数になる。

他の同心に手を借りたとしても、せいぜい十数人だ。……わずかな人数で、美鈴と大黒屋に同時に踏み込むのは、むずかしいな」

と、眉を寄せて話した。

「むろん、おれたちもくわわる。どうだろう、先に美鈴に踏み込んで権兵衛を捕らえ、すぐに大黒屋に駆け付けたら。権兵衛を捕らえるのは、すこしの人数で足りる。その間、他の捕方は、大黒屋を見張っていればいい」

市之介が、美鈴には権兵衛の他に子分らしい男がふたりと女将、それに包丁人がいるだけなので、それほどの手間はかからないと話した。

「そうしてもらえると、ありがたい。今日のうちに、御用聞きや下っ引きたちに声をかけ、できるだけ多く集める」

野宮が顔をひきしめて言った。

それで、野宮と市之介の話はまとまった。

市之介は明日の午後、神田川にかかる新シ橋のたもとで、顔を合わせることにして野宮と別れた。市之介も、これから糸川と会って明日のことを話さねばならない。

翌日、市之介は和泉橋のたもとで糸川、佐々野、西宮の三人と顔を合わせた。

昨日、糸川に話し、ここで待ち合わせることにしてあったのだ。

市之介たち五人は、新シ橋にむかった。野宮が捕方とともに待っていることになっていた。

「おれと茂吉、それに佐々野との三人で、福井町の美鈴に行く。糸川と西宮は、大黒屋へむかってくれ」

市之介が歩きながら言った。

「承知した」

糸川が言うと、佐々野と西宮がうなずいた。すでに、このことは糸川に話してあったので、佐々野と西宮も承知していたようだ。

新シ橋のたもとには、野宮ともうひとり八丁堀同心の姿があった。野宮が仲間の同心に声をかけたようだ。それに、ふたりの同心に仕えている小者、岡っ引き、下っ引きなど、総勢十七、八人いた。男たちは人目を引かないように、すこし離れたところにばらばらに立っていた。

野宮によると、同行した同心の名は柴崎《しばさき》辰之助《たつのすけ》で、野宮と同じ定廻り同心だという。

「行くか」

市之介が言うと、野宮がうなずいた。

野宮は柴崎とともに、神田川沿いの道を東にむかった。捕方たちはばらばらのまま、野宮たちの後についていく。

前方に神田川にかかる浅草橋が見えてきたとき、市之介たち三人は野宮たちに追いつき、

「こっちだ」

と言って、左手の通りへ入った。その通りは、福井町三丁目の美鈴のある道に通じている。野宮とともに、八人の捕方が市之介たちの後ろについた。

糸川と西宮、それに柴崎と十人ほどの捕方は、そのまま神田川沿いの通りを東にむかった。茅町にある大黒屋を見張るとともに、市之介たちが駆け付けるのを待つのである。

市之介たち一隊は美鈴に近付くと、路傍に足をとめ、

「そこに、そば屋があるな。その先の小料理屋だ」

と市之介が言って、美鈴を指差した。

美鈴の店先に、暖簾が出ていた。店をひらいているらしい。

「おれが様子を見てくる」

市之介は茂吉を連れて、美鈴に足をむけた。

美鈴の店先で足をとめ、なかの様子をうかがった。男の濁声と、おしげと思われる女の声が聞こえた。

茂吉が市之介に身を寄せ、

「店にいるのは、客とおしげのようですぜ」

と、声を殺して言った。

ふたりは、すぐに踵を返して野宮たち捕方のそばにもどり、店には客とおしげがいることを話し、

「権兵衛は、二階にいるとみていい」

と、言い添えた。権兵衛は、ここにいなければ大黒屋ということになるが、大黒屋にもどるはずはなかった。それに、大黒屋へもどっていたとしても、美鈴につづいて踏み込むので、権兵衛を取り逃がすことはない。

「踏み込もう」

野宮が、そばにいる捕方たちにも聞こえる声で言った。

市之介、佐々野、野宮の三人が先にたち、捕方たちがつづいた。捕方たちは、すでに襷《たすき》で両袖を絞り、十手を手にしていた。捕り縄を持っている者もいる。

6

市之介が、美鈴の格子戸をあけた。

土間の先が小上がりになっていて、客が三人いた。いずれも、職人ふうの男だった。その先に障子がたててあり、座敷になっているらしかった。小上がりの脇に、二階に上がる階段がある。

三人の客は、市之介につづいて入ってきた野宮たち捕方の一隊を見て、凍りついたように身を硬くした。そこへ、右手の板戸があき、年増が姿を見せた。銚子を手にしている。おしげらしい。おしげは板場から、客のために酒を持ってきたようだ。

おしげは、野宮たち一隊を目にして棒立ちになったが、

「おまえさん、捕方だよ！」

と、叫んだ。二階にいる権兵衛に知らせたようだ。

「権兵衛は、二階だ！」

市之介はすぐに階段へむかった。

佐々野と野宮たち捕方がつづき、市之介の後から階段を上がった。階段を上がると、短い廊下があった。左手に障子がたててある。廊下沿いに二部屋あるらしい。

ふいに、手前の部屋の障子があいた。姿を見せたのは、遊び人ふうの男だった。権兵衛の子分らしい。

「捕方だ!」

男は叫び、懐から匕首《あいくち》を取り出した。顔がひき攣《つ》ったようにゆがんでいた。手にした匕首が、ワナワナと震えている。

すかさず、市之介は抜刀して刀身を峰に返した。そして、脇構えにとり、腰を低くして男に近付いた。

「やろう!」

男は叫びざま、匕首を前に突き出して踏み込んできた。逆上している。

咄嗟《とっさ》に、市之介は右手に踏み込み、体を男にむけざま脇構えから刀を横に払った。刀身が、踏み込んできた男の脇腹をとらえた。峰打ちである。

グッ、と喉のつまったような呻《うめ》き声を上げ、男は二、三歩前によろめいた後、腹を左手で押さえてうずくまった。

「捕れ！」

野宮が捕方へ声をかけた。

そのとき、隣の部屋の障子があき、男がひとり廊下に飛び出した。大柄な男だった。もうひとりの子分らしい。

「親分、逃げてくれ！」

男は部屋の方に顔をむけて叫び、懐から匕首を取り出した。

……権兵衛は、部屋にいる！

と、市之介はみた。

すばやい動きで、市之介は大柄な男に迫った。すでに、刀を脇構えにとっている。

「ここは、通さねえ！」

大柄な男は、匕首を顎の下に構えて腰を落とした。さきほどの男とちがって、構えに隙がなかった。

市之介は摺り足で、大柄な男に迫った。そして、一足一刀の斬撃の間境《まざかい》に踏み込むや否や、仕掛けた。

脇構えから刀を横に払った。一瞬の太刀《たち》捌《さば》きである。

一瞬、大柄な男は身を引いて、市之介の斬撃をかわしたが、無理な体勢だったため、体がよろめいた。

この隙を、市之介がとらえた。さらに踏み込み、刀を脇にとりざま二の太刀を袈裟《けさ》に払った。その切っ先が、男の匕首を持った右腕をとらえた。

ギャッ！　と悲鳴を上げ、男は手にした匕首を取り落として、その場に棒立ちになった。右腕が、だらりと垂れている。市之介の一撃が、男の右腕の骨肉を截《せっ》断《だん》したらしい。

市之介は男を野宮たちに任せ、隣の部屋の障子をあけ放った。

座敷のなかほどに、大柄な男がひとり立っていた。初老だった。眉が濃く、ギョロリとした目をしていた。権兵衛である。長脇差を手にしていた。その切っ先が、小刻みに震えている。

「権兵衛、観念しろ」

市之介が、権兵衛を見すえて言った。

「てめえは、八丁堀か！」

権兵衛が目をつり上げて訊いた。

「八丁堀ではない。おまえが闇の権兵衛なら、おれは影の者だな」

言いざま、市之介は切っ先を権兵衛にむけた。

そこへ、野宮と佐々野が踏み込んできた。さらに、捕方たちが廊下へ集まってきたらしく、何人もの足音がひびいた。

権兵衛は、長脇差を手にしたままつっ立っていたが、

「おれも、年貢の納めどきかい」

と吐き捨てるように言い、手にした長脇差を足許に捨てた。抵抗しても無駄だと思ったのだろう。

「捕れ！」

野宮が捕方に声をかけた。

すぐに、廊下にいた三人の捕方が座敷に踏み込み、権兵衛の両腕を後ろにとって早縄をかけた。

この間、階下では捕方たちがおしげと板場にいた包丁人に縄をかけていた。念のために、包丁人も捕らえたらしい。店にいた客たちは、小上がりの隅に身を寄せて震えている。

市之介たちは、捕縛した権兵衛を階下に連れていくと、

「すぐに、大黒屋にむかう」

野宮が捕方たちに声をかけた。

市之介と佐々野が先にたち、野宮はすこし間をとり、捕らえた権兵衛たちを連れて大黒屋へむかった。

市之介たちが神田川沿いの通りに出て大黒屋の近くまで来ると、柳の樹陰にいた西宮が走り寄り、

「権兵衛を捕らえたようですね」

と、昂《たかぶ》った声で言った。

「大黒屋の動きはどうだ」

市之介が訊いた。

「変わった様子はありません。店はひらいています」

西宮が、大黒屋には客もいるという。

7

陽は西の家並の向こうに沈み、辺りは淡い夕闇につつまれていた。

市之介たちは、西宮の先導で、糸川と柴崎、それに捕方たちが身をひそめてい

る場所にむかった。

糸川たち一隊は分散し、大黒屋に近い神田川沿いの樹陰や商いを終えて表戸をしめた店の陰などに身を隠していた。

大黒屋の二階の座敷は灯の色があり、客たちの談笑の声、嬌声、手拍子などが聞こえてきた。

市之介たちのそばに集まってきた糸川や柴崎たちに、

「手筈どおり、踏み込もう」

と、市之介が声をかけた。

糸川や柴崎たちは無言でうなずき、身を隠している捕方たちを集めた。すぐに、市之介たちといっしょにきた捕方もくわわり、総勢、十八人が集まった。ただ、捕らえてきた権兵衛たちのそばを離れない者もいるので、踏み込むのは十二、三人になるだろう。

大黒屋には、野宮と柴崎、それに七、八人の捕方が踏み込むことになっていた。客のいる部屋には踏み込まず、捕らえるのは帳場にいるであろう駒蔵、それに子分の若い衆だけである。

同時に、市之介たちは、裏手の隠居所にいるであろう木梨や権兵衛の子分で殺しの仕事にかかわっている者たちを捕らえるのだが、刃向かってくれば斬らねばならない。

「いくぞ！」

市之介と糸川が先にたった。

市之介たちにつづくのは、西宮と茂吉、それに数人の捕方だった。市之介たちは大黒屋の店先に人影がないのを目にしてから、店の脇の小径から裏手にむかった。

隠居所には、灯の色があった。かすかに、男たちの声が聞こえた。縁側のある座敷にいるらしい。

市之介たちは大黒屋の脇の小径をたどって隠居所にむかった。家から、灯が洩れている。そこは、庭に面した座敷らしかった。

その座敷から人声が洩れていた。何人かいるらしい。いずれも、男の声である。以前、市之介たちが忍び込んだときは、そこで木梨たちは酒を飲んでいたが、今日は酒を飲んでいるような雰囲気はなかった。ぼそぼそと、くぐもったような声が聞こえてくる。

「近付くぞ」

市之介が声を殺して言い、足音を忍ばせて縁側に近付いた。

そして、以前侵入したときと同じように縁側に身を寄せ、庭木近くの闇の深い場所に身を隠した。

座敷から男たちの声が聞こえた。四、五人いるらしい。話し声の合間に、茶を啜《すす》るような音がした。酒ではなく、茶を飲んでいるらしい。

男たちの言葉遣いはいずれも町人のもので、武士らしい者の声は聞こえなかった。

……ここに、木梨はいないようだ。

と、市之介はみた。奥の座敷にいるのではあるまいか。

「どうする」

糸川が声を殺して訊いた。糸川も、座敷に木梨はいないとみたようだ。

「踏み込もう。おれは、奥へ行く」

市之介が言った。

「承知した」

糸川がうなずいた。

すぐに、糸川は樹陰から出て、身を隠している男たちに、「踏み込むぞ！」と声を出さずに伝えて手を振った。

次々に男たちは、樹陰から出て抜刀した。白刃が月光を映じて青白くひかっている。

座敷の話し声がやんだ。縁先の物音に気付いたにちがいない。

「踏み込め！」

糸川が声を上げた。

市之介と糸川が縁側に上がると、西宮と茂吉、それに捕方たちがつづいた。市之介たち武士は刀を手にし、茂吉をはじめ捕方たちは十手を持っている。

市之介が障子を開け放った。座敷には、五人の男がいた。いずれも町人で、遊び人ふうの男に交じって渡世人ふうの男もいた。

五人はいずれも立って、匕首や長脇差を手にしていた。市之介たちの声や物音を耳にし、そばに置いてあった得物を手にして立ち上がったらしい。

「町方だ！　やっちまえ」

長脇差を手にした男が叫んだ。剽悍《ひょうかん》そうな面構えである。

その男の声で、座敷にいた男たちが手にした匕首や長脇差を踏み込んできた市之介たちにむけた。

市之介は前に立った遊び人ふうの男に身を寄せ、鋭い気合を発して斬り込んだ。八相《はっそう》から袈裟へ——。素早い太刀捌きである。

一瞬、男は後ろに身を引いたが間に合わなかった。

ザクリ、と男の肩から胸にかけて小袖が裂け、あらわになった肌から血が噴いた。男は後ろによろめき、腰からくずれるように転倒した。男は身を捩《よじ》るようにして、苦しげな呻き声をあげている。

市之介は他の男たちにはかまわず、血刀を引っ提げたまま廊下に飛び出した。木梨を探し出して討たねばならない。

廊下は隠居所の裏手につづいていた。廊下沿いに障子がたててある。座敷が、二間あるらしい。

市之介は、手前の部屋の障子をあけた。座敷は闇につつまれていた。ひとのいる気配はなかった。

市之介は次の部屋にむかった。障子に灯の色があった。だれか、いるらしい。市之介は障子をあけ放った。

座敷には、人影はなかった。隅の行灯に火が点《とも》っている。ひとのいた温もりが残っていた。だれか、座敷から出たばかりらしい。

……木梨ではあるまいか。

市之介は、部屋の隅々まで目をやり、だれもいないのを確かめてから廊下に飛び出した。

廊下の突き当たりに、だれかいる。

そこは、台所になっているらしかった。ごそごそと物音がした。

市之介は廊下を奥にむかった。台所の竈《かまど》の前に男がひとり立っていた。竈の火に、その姿が黒く浮き上がったように見えた。木梨ではなかった。年寄りである。すこし腰が曲がっていた。下働きの男ではあるまいか。

市之介は男に近付き、

「木梨は、どこにいる!」

と、声高に訊いた。

年寄りは目を剝き、身を震わせて、「ぬ、盗人!」と、声を上げた。

「盗人ではない。おれは、町方だ」

市之介は面倒なので、そう言っておいた。

「は、八丁堀の旦那ですかい」

男は目を剝いて言った。

「そうだ。木梨はどこだ」

市之介は足踏みしながら訊いた。木梨が隠居所から逃げたのかもしれない。ここで、年寄りとやりあっている暇はない。

「き、木梨の旦那は、そこから」

年寄りは、背戸を指差した。

「どけ！」

市之介は土間に飛び下り、背戸を開け放った。

隠居所の裏手は、深い夕闇につつまれていた。市之介は背戸から飛び出し、周囲に目をやったが、人影はなかった。付近は庭木の陰の深い闇につつまれている。それでも、市之介は庭木の間を走りながら木梨を探した。だが、木梨の姿はどこにもなかった。

……逃げられた！

市之介は闇のなかに立ったまま肩を落とした。

8

市之介は、縁側の奥の座敷にもどった。

座敷での捕物は、終わっていた。糸川や西宮たちのそばに、捕らえられた男が三人後ろ手に縛られていた。血塗《ちまみ》れになって倒れている男がふたりいた。ひとりは、まだ生きているらしく、苦しげな呻き声を上げている。

「木梨はどうした」

糸川が市之介に訊いた。

「逃げられた。おれたちが、踏み込んできたのを知って、裏手の背戸から逃げたようだ」

市之介はそう言った後、捕らえられたひとりに近寄った。まだ若い。十七、八と思われる男だった。捕方に十手で殴られたのか、左目の上に青痣ができていた。傷が痛むのか、顔をしかめている。

「訊きたいことがある」

市之介が若い男を見すえて言った。

「奥の座敷にいた木梨だが、どこへ逃げたか分かるか」

若い男は上目遣いに市之介を見て、

「わ、分からねえ」

と、声を震わせて言った。

「そうか」

市之介は、若い男が嘘を言っているようには思えなかった。

念のため、市之介は捕らえられた他のふたりにも訊いてみたが、ふたりとも知らなかった。

市之介が言った。

「駒蔵なら知っているかもしれんな」

市之介たちは捕らえた三人を連れて、隠居所から出た。辺りは夜陰につつまれていた。星空だった。木々の葉叢《はむら》のなかを渡ってきた夜風には、冬の到来を感じさせるように寒気があった。

大黒屋の座敷には灯の色があったが、ひっそりとしていた。人声や物音は聞こえたが、酒席の賑やかさはなかった。捕物のせいであろう。おそらく、帳場や板場、それに客のいる座敷の廊下でも捕物騒ぎがあったのだろう。

「大黒屋へ行ってみよう」

糸川が市之介たちに言った。

市之介、糸川、西宮の三人は、捕らえた三人を柴崎と捕方たちに任せ、大黒屋へ入ってみることにした。

柴崎たちは、先に捕らえた権兵衛たちといっしょに、新たに捕らえた子分たちをみていることになるだろう。

大黒屋の入口の格子戸をあけると、土間の先に狭い板間があった。左手に帳場らしい座敷があった。

市之介たちは板間に上がり、帳場の障子をあけた。座敷に、柴崎と十手を手にした捕方が三人いた。後ろ手にしばられている男がふたり、女中らしい年配の女が座敷の隅で身を震わせている。

「そのふたりは」

糸川が縛られている男に目をやって訊いた。

「包丁人と店の若い衆だ。逃げようとしたので、お縄にした」

柴崎が言った。

「野宮どのは」

糸川が訊いた。

「隣の座敷にいる。捕らえた駒蔵と店の女将から、話を訊いているようだ」

「行ってみよう」

市之介たちは帳場から出て、隣の部屋の障子をあけた。

野宮は、後ろ手に縛られた年配の男の前に立っていた。年配の男の脇に、女将らしい女が座っていた。女も後ろ手に縛られている。そのふたりの後ろに、三人の捕方が十手を手にして立っていた。

市之介たちが座敷に入って行くと、

「駒蔵と、女将のおもんだ」

野宮が言った。

駒蔵は四十がらみであろうか。面長で、細い目をしていた。女のように妙に赤い唇をしている。

おもんは、年増だった。色白で、ふっくらした頬をしている。その顔が恐怖でゆがみ、体を顫わせていた。

「念のため、店にいる子分のことを訊いていたのだ」

野宮が言った。

「帳場にいたふたりが、駒蔵の子分ではないのか」

「そうらしい。ふたりの他にはいないようだ」

野宮が駒蔵とおもんに目をやって言った。

そのとき、駒蔵が身を乗り出すようにして、

「てまえは、権兵衛などという男は存じません。濡れ衣です。料理屋のあるじのてまえが、殺し人一味などとかかわりがあるはずはございません」

と、その場にきた市之介たちに顔をむけ、訴えるように言った。

「駒蔵、悪足掻《わるあが》きはよせ。裏手の離れにいた者たちを捕らえた。権兵衛も捕らえてある。ここまで来たら言い逃れはできん。観念するんだな」

市之介がそう言うと、駒蔵はがっくりと肩を落とした。

「駒蔵、おまえに訊きたいことがある」

市之介が声をあらためて言った。

「離れにいた木梨が、ひとりだけ逃げた。おまえなら、木梨の逃げた先が分かるだろう」

「てまえには、分かりません」

駒蔵が肩を落として言った。

「隠しているわけではあるまいな」

「木梨の旦那は、てまえたちを見捨ててひとりだけ逃げたのです。なんで、てまえが隠すんです」

駒蔵が語気を強くして言った。

「もっともだな」

駒蔵は木梨の逃走先を知らないようだ、と市之介は思った。

「引っ立てろ！」

野宮が座敷にいた捕方に声をかけた。

第六章　ふたり上段

1

市之介が縁先で真剣の素振りをしていると、表門の方から足音がし、茂吉が姿を見せた。茂吉は肩を落として近付いてくる。

市之介は素振りをやめ、額に浮いた汗を手の甲で拭いながら、

「茂吉、何か知れたか」

と、訊《き》いた。茂吉は次助とふたりで茅町に行き、大黒屋の近くをまわって木梨の行方を探っていたのだ。

「それが、まったく分からねえんで」

茂吉によると、大黒屋界隈で聞き込んだが、木梨の行方を知る者はいなかった

という。

「あっしらが、大黒屋に踏み込んだ後、木梨の姿を見かけたやつもいねえんでさァ」

茂吉が言い添えた。

市之介たちが美鈴と大黒屋に踏み込み、権兵衛と駒蔵、それに手先たちを捕らえて五日過ぎていた。

野宮たち町方は、元締の権兵衛と右腕の駒蔵、それに子分たちを根こそぎ捕らえたので、面目がたったはずだ。ところが、市之介たち目付筋の者は任務を果たしていなかった。幕臣である木梨の始末がつかなければ、町方を手伝っただけのことで、何の仕事もしないのと同じである。

「旦那、木梨は当分茅町に姿を見せませんぜ」

茂吉が言った。

「そうだな」

市之介も、これ以上茅町を探っても木梨の行方はつかめないと思った。

「木梨の行き先はひとつしかねえと、あっしは睨んでるんですがね」

茂吉が市之介に身を寄せ、声をひそめて言った。

「行き先は、どこだ」

「仲御徒町でさァ」

「木梨の屋敷か」

「やつの行き場所は、てめえの屋敷しかねえはずだ」

茂吉がいつになく、顔を厳しくして言った。

「確かにそうだが……」

木梨は自分の屋敷に帰っているかもしれない、と市之介はみて、二日前茂吉たちと屋敷近くで聞き込んでみた。ところが、ちかごろ木梨の姿を見掛けた者はいなかったのだ。

「旦那、あっしと次助とで探ってみやすよ」

茂吉が言った。

「そうしてくれ」

市之介も、茅町が駄目なら仲御徒町の木梨の屋敷しかないとみた。

茂吉は市之介の脇に立ったまま薄笑いを浮かべ、

「今度の事件は、長引きやすね」

と、揉み手をしながら言った。

「おお、そうだったな」

市之介は、しばらく茂吉に手当てを渡してなかった。すぐに、懐から財布を取り出し、いつもと同じように、一分銀を二枚摘《つま》みだして、茂吉の手に握らせてやった。

「ヘッヘヘ……。これで、夜通し張り込んでも、苦になりませんや」

そう言って、茂吉は一分銀を巾着にしまうと、

「次助とふたりで、木梨の屋敷近くに張り込んでみやす」

と言い残し、足早にその場から離れた。


その日、茂吉は次助とふたりで仲御徒町に来ていた。ふたりがいるのは、木梨家の屋敷近くの築地塀《ついじべい》の陰だった。そこは、以前市之介たちといっしょに木梨家を見張った場所である。

「来ねえなア……」

次助が欠伸《あくび》を嚙み殺しながら言った。

茂吉と次助は、木梨が姿をあらわすのを待っていたのだ。ふたりがこの場に来て、一刻（二時間）ちかく経つが、木梨家の表門はしまったままだった。木梨は

むろんのこと奉公人の出入りもない。

すでに、陽は武家屋敷の向こうに沈み、西の空は茜色に染まっていた。茂吉たちのいる塀の陰にも淡い夕闇が忍び寄っている。

「賭場は、やってねえようだ」

茂吉がうんざりした顔で言った。

木梨家の屋敷は、ひっそりとして中間《ちゅうげん》部屋のある辺りからも人声や物音は聞こえなかった。

「だれか、出てきてもいいんだがな」

茂吉は、木梨家に奉公する中間でも下働きでも、屋敷から出てきたら話を訊こうと思っていた。木梨が屋敷に帰っているかどうか、知りたかったのだ。

「権兵衛も駒蔵もお縄にできたし、残るのは木梨だけか」

次助がそう言って、あらためて木梨家の表門に目をやったとき、脇のくぐりがあいて男がひとり出てきた。

「おい、だれか出てきたぞ」

次助が言った。

「中間らしいな」

茂吉は、男の半纏《はんてん》に股引《ももひき》姿から中間とみた。

男は、茂吉たちが身をひそめている方に歩いてきた。

「おれが、話を訊いてみる」

そう言って、茂吉は築地塀の陰から出ると、足早に男の後を追った。次助は茂吉からすこし間をとって、後ろからついてくる。

「ちょいと、すまねえ」

茂吉が中間の後ろから声をかけた。

「おれかい」

中間は足をとめて振り返った。

「おめえが、木梨さまのお屋敷から出てきたのを見掛けたんだが、木梨さまに奉公してるのかい」

「そうよ」

「ちょいと訊きてえことがあってな」

「何を聞きてえ」

中間がつっけんどんに言った。

「歩きながらで、いいぜ」

茂吉はゆっくりと歩きだした。

「でけえ声じゃァ言えねんだが、ちかごろ中間部屋がやけに静かじゃァねえか」

茂吉は、博打のことから切り出そうと思ったのだ。

「……」

中間は茂吉に目をやったが、何も言わなかった。顔に、警戒するような色が浮いている。

「おれは、手慰みが好きでな。ちょいと、遊ばせてもらおうと思って来たんだが、やってねえようだ」

手慰みは、博打のことである。

「ここ、しばらく賭場はとじたままだ」

中間が急に声をひそめて言った。

「どうして、ひらかねえんだい」

「町方に目をつけられた節があるのよ」

中間が、上目遣いに茂吉を見て言った。どうやら、茂吉の話を信じたようだ。

「ところで、木梨さまはお屋敷に帰られたのかい。賭場に来てたやつから、木梨さまは屋敷を出たらしいと聞いたんだがな」

茂吉は、木梨の名を出して訊いた。

「殿さまは、屋敷にもどられたよ。賭場をひらかねえのも、殿さまがもどられたからだ。火盗改《かとうあらため》にでも目をつけられたら、殿さまの立場がねえからな」

「木梨さまは、お屋敷にいるのだな」

茂吉は、木梨の居所をつかんだ、と胸の内で声を上げた。

「いつも、お屋敷にいるわけじゃァねえ」

「どこかへ、出かけるのかい」

「陽が沈むころ出かけることが多いが、料理屋にでも行ってるんじゃァねえかな。お屋敷に籠っているのも退屈だろうよ」

「どの辺りへ、出かけてるんだい」

さらに、茂吉が訊いた。

すると、中間は顔を茂吉にむけ、

「おめえ、やけにひつっこく聞くな」

そう言って、不審そうな顔をした。

「い、いや、いつになったら、賭場をひらくのかと思ってな」

茂吉は首をすくめて、「別の賭場を探すか」と言い残し、踵《きびす》を返して足早にその場から離れた。

中間はその場につっ立ったまま茂吉に目をやったが、すぐに踵を返して歩きだした。

茂吉は次助のそばにもどると、

「木梨の居所が知れたぜ」

そう言って、中間から聞き出したことを掻《か》い摘まんで話した。

「どうする」

次助が訊いた。

「これで、おれたちの張り込みは終わりだな。今夜のうちにも、青井の旦那に知らせるよ」

「おれも、野宮の旦那の耳に入れておこう」

茂吉と次助は、表通りの方へ足をむけた。

2

「旦那、旦那」

縁先で、茂吉の呼ぶ声がした。

市之介は、手にした湯飲みを膝の脇に置いて立ち上がった。朝餉《あさげ》の後、おみつが淹《い》れてくれた茶を飲んでいたのだ。

障子をあけると、縁先に茂吉と次助が立っていた。市之介はすぐに縁側に出て、

「木梨の居所が知れたか」

と、訊いた。ふたりは、木梨の居所が知れたので知らせにきたようだ。

「知れやした」

茂吉が言った。

「どこにいた」

「仲御徒町の木梨の屋敷でさァ」

「屋敷に帰っていたのか」

そう言った後、市之介は次助に目をやり、

「野宮どのにも、知らせたのか」

と、訊いた。次助は野宮の手先だった。野宮には、真っ先に知らせねばならないはずである。

「知らせやした。野宮の旦那は、木梨は青井さまたちにまかせると言ってやし

た」

「そうか」

町奉行所同心の野宮は、幕臣である木梨には手を出さず、市之介たち目付筋の者にまかせる気のようだ。野宮の胸の内には、市之介たちの顔を立てたい思いもあるのだろう。

「木梨は、屋敷に籠ったままか」

市之介は、木梨の屋敷に踏み込むのは避けたかった。大騒ぎになるし、木梨を取り逃がす恐れもあった。

「木梨家の中間の話だと、木梨は陽が沈むころ出かけることが多いそうでさァ。料理屋にでも行ってるんじゃァねえかと言ってやしたぜ」

茂吉が言った。

「都合がいいな」

屋敷の外で、しかも人通りのすくない日没ごろに木梨と闘えれば、大騒ぎにならずに済む。

「茂吉、すぐに糸川と佐々野に知らせてくれ。八ツ（午後二時）ごろ、ここに来てくれとな」

相手は木梨ひとりだが、市之介は念のため三人で行こうと思った。

「承知しやした」

茂吉が踵を返すと、次助もいっしょにその場を離れた。

糸川と佐々野は、八ツ前に青井家に姿を見せた。ふたりは屋敷には入らず、このまま仲御徒町にむかいたいと話した。糸川たちはここに来る途中、茂吉から木梨のことを聞いたらしい。

市之介も糸川たちと家で話している間はないとみて、大小を腰に帯びて屋敷を出た。

木梨家にむかう道すがら、市之介たち三人はあらためて茂吉から話を聞き、

「塀の陰に隠れて、木梨が出てくるのを待つしかないな」

と、市之介が言った。

「仕方あるまい」

糸川も、木梨家の屋敷に踏み込むのは避けたいようだ。

「糸川、木梨はおれに討たせてくれ」

市之介は、木梨の遣う眉間割りの太刀と決着をつけたかったのだ。

「勝てるのか」

糸川が市之介に顔をむけて訊いた。

「やってみねば分からぬが、木梨の太刀筋は分かっているからな」

市之介は、木梨と二度立ち合っていた。構えも太刀筋も分かっている。それに、市之介はひとりの剣客として木梨と勝負を決したかったのだ。

「おぬしが危ういとみたら、助太刀するぞ」

「勝手にしろ」

市之介はそう言ったが、糸川が助太刀に入る間はないだろうと思った。勝負は一度の斬り合いで決するのではあるまいか。

そんなやり取りをしながら歩いているうち、仲御徒町の木梨家の屋敷の近くまで来た。市之介たちは、以前と同じ築地塀の陰に身を隠した。

「静かだな」

市之介が屋敷に目をやって言った。

木梨家の屋敷は、静寂につつまれていた。木梨の家族や奉公人はいるはずだが、ひっそりと静まっている。もっとも、屋敷内の人声や物音は、市之介たちのいる場所では聞こえないだろう。

夕陽が、武家屋敷の向こうに沈みかけていた。小半刻（三十分）もすれば、暮れ六ツ（午後六時）の鐘が鳴るはずだ。

「だれか、出てきた」

佐々野が声を殺して言った。

「あっしが、話を訊いた中間だ」

茂吉が言った。

中間は、身をひそめている市之介たちの前を通り過ぎていく。その中間の姿が、通りの先に見えなくなったときだった。

木梨家の表門のくぐりから新たな人影があらわれた。

「木梨だ！」

市之介が声を殺して言った。

姿を見せたのは、木梨だった。ひとりである。木梨は羽織袴姿で、二刀を帯びていた。木梨は足早に市之介たちの方へ近付いてくる。

「来やがった！」

茂吉が十手を手にして飛び出そうとした。

市之介は茂吉の前に手を伸ばして制し、

「茂吉、ここにいろ」

と、声を殺して言った。

木梨は、市之介たちのすぐ前まで来た。

3

市之介が築地塀の陰から飛び出した。すこし間を置いて、糸川と佐々野が木梨の後方にむかって走り出た。

一瞬、木梨は棒立ちになったが、すぐに刀の柄に右手を添えて身構えた。

「大勢で、待ち伏せか！」

木梨が叫んだ。

市之介は木梨の前に立つと、

「おぬしの相手は、おれだ。後ろのふたりは、逃げ道を塞ぐためだ」

そう言って、左手で刀の鯉口を切り、右手を柄に添えて抜刀体勢をとった。

糸川と佐々野も抜刀体勢をとったが、木梨との間を大きくとっていた。市之介と木梨の闘いの様子をみて、間合をつめるつもりなのだ。

「おのれ！」

叫びざま、木梨が刀を抜いた。長刀である。

すかさず、市之介も抜刀し、切っ先を木梨にむけた。

ふたりの間合は、およそ三間半。まだ、一足一刀の斬撃の間境《まざかい》の外である。

木梨は上段に構えると、両手を高くとって切っ先を背後にむけた。すると、刀身が市之介の視界から消え、柄頭だけが見えた。上段霞である。

と、市之介が青眼《せいがん》に構えていた刀を振りかぶり、上段にとった。そして、切っ先を背後にむけたのだ。

「こ、これは！」

木梨が声をつまらせて言った。動揺したらしく、背後にむけられた刀身が揺れている。

「上段霞」

市之介は表情も変えずに言った。

「おれの真似をしても、眉間割りの太刀は遣えぬぞ」

「どうかな」

市之介は、木梨と同じように上段から真っ向に斬り下ろすつもりはなかった。

木梨の動きに応じて、刀をふるうのである。

ふたりは、三間半の間合をとったまま動かなかった。木梨が上段霞と呼ぶ構えのまま、全身に気勢を込め、斬撃の気配を見せて気魄《きはく》で攻めている。

「いくぞ！」

市之介が先《せん》をとって仕掛けた。

趾《あしゆび》を這うように動かし、ジリジリと木梨との間合を狭めていく。

すると、木梨も動いた。上段霞にとったまま足裏を摺るようにして間合をつめてきた。ふたりの間合が一気にせばまり、一足一刀の斬撃の間境に迫ってきた。

……斬撃の間境まで、あと一歩。

と市之介は読み、寄り身をとめた。このまま斬撃の間境を越えると、木梨の眉間割りの太刀を浴びるとみたのだ。

木梨は寄り身をとめなかった。さらに、半歩踏み込んできた。

ふいに、木梨の全身に斬撃の気がはしり、市之介の目に木梨の体が膨れ上がったように見えた。

……くる！

察知した市之介は、半歩身を引いた。

イヤアッ！

木梨が、裂帛《れっぱく》の気合を発した。木梨の体が膨れ上がったように見えた次の瞬間、稲妻のような閃光《せんこう》がはしった。

上段から真っ向へ――。

刹那、市之介は半歩身を引きざま、上段霞の構えから真っ向ではなく袈裟《けさ》に払った。一瞬の反応である。

木梨の切っ先が、市之介の額をかすめて空を切った。一瞬遅れた市之介の切っ先は、前に伸びた木梨の右の前腕をとらえた。市之介は真っ向に斬り込む木梨の動きに応じ、上段から木梨の籠手《こて》を狙って斬り込んだのである。

木梨と市之介は一合すると、後ろに跳んで間合を大きくとった。ふたたび、ふたりは刀を振り上げ、上段霞の構えをとった。

木梨の顔が、苦痛にゆがんだ。大きく振りかぶった右腕から、血が赤い筋を引いて流れ落ちている。

「木梨、刀を引け！　勝負あった」

市之介が声をかけた。

「勝負は、これからだ！」

木梨が市之介を見すえて言った。市之介を見すえた双眸《そうぼう》が、爛々《らんらん》とひかっている。

……捨て身でくる！

と、市之介は読んだ。

「いくぞ！」

木梨が先をとった。

上段霞に構えたまま足裏を摺るようにして間合をつめてくる。

市之介は動かなかった。上段霞にとったまま、ふたりの間合と木梨の気の動きを読んでいる。

ふいに、木梨の寄り身がとまった。斬撃の間境まで後一歩である。

と、木梨の全身に斬撃の気がはしった。

木梨の体が膨れ上がったように見えた次の瞬間、裂帛の気合がひびき、木梨の体が躍った。

上段霞から真っ向へ――。

踏み込みざま、斬り下ろした。鉞《まさかり》を振り下ろすような強い斬撃である。

咄嗟《とっさ》に市之介は身を引いて、木梨の切っ先をかわした。まともに受けていれば、受けた刀ごと押し下げられて頭を割られていただろう。

木梨の切っ先は、市之介の胸元をかすめて空を切った。

次の瞬間、市之介は刀身を横一文字に払った。一瞬の反応である。その切っ先が、木梨の首をとらえた。

ピッ、と血が飛んだ次の瞬間、木梨の首から血飛沫《ちしぶき》が激しく飛び散った。市之介の切っ先が、木梨の首の血管《ちくだ》を切ったのだ。

木梨は血を撒《ま》きながらよろめき、足がとまると腰からくずれるように倒れた。地面に伏臥《ふくが》した木梨は四肢を動かし、頭を擡《もた》げて身を起こそうとしたが、すぐにぐったりとなった。

俯《うつぶ》せに倒れた木梨の首筋から大量の血が流れ出、木梨の体を赤い布で包むように地面にひろがっていく。

市之介は木梨の脇に立ち、絶命したのを確かめると、

……眉間割りの太刀をやぶった。

と、胸の内でつぶやいた。

そこへ、糸川や茂吉たちが走り寄った。糸川は横たわっている木梨に目をやり、

「青井、みごとだ」

と、声をかけた。

「勝負は紙一重だったよ」

市之介の本心だった。いま、ここに横たわっているのが、市之介であっても何の不思議もない。市之介は、木梨の眉間割りの太刀を知っていた。それで、同じように上段霞に構えることができた。それが、勝因である。

「木梨を、どうする」

糸川が、血塗《ちまみ》れになって横たわっている木梨に目をやって訊いた。

「このままには、しておけないな」

今夜はともかく、明日になれば、近所の旗本屋敷の住人や奉公人などがこの道を通るだろう。

「屋敷の門まで運んでやるか」

市之介が言った。

「そうしよう」

市之介たちは、木梨の死体を表門の門扉の前まで運んだ。

屋敷内は、ひっそりとして物音も人声も聞こえなかったが、かすかに灯の色が見えた。

「明日の朝、屋敷の者が気付けば、運び込むだろう」

糸川が言った。

「そうだな」

市之介たちは門から離れた。

旗本屋敷のつづく通りは、深い夜陰につつまれていた。風のない静かな夜だった。降るような星空である。

4

その日、市之介は縁側に面した座敷で、横になっていた。やることがないので、昼寝でもしようと思ったのだ。

手枕で、うつらうつらしていると、廊下を慌ただしそうに歩く足音がして障子があいた。顔を見せたのは、おみつである。

市之介は身を起こして目を擦《こす》っていると、おみつが座敷に入ってきた。

「旦那さま、糸川さまと佐々野さまがお見えになりました」

おみつが、上擦った声で言った。

「何の用かな」

「旦那さまに、お話があるそうです」

「それなら、ここに通してくれ」

「はい」

おみつは、すぐに座敷から出ていった。

いっときすると、廊下を歩く足音がし、障子があいて、おみつ、糸川、佐々野の三人が座敷に入ってきた。

「何かあったのか」

すぐに、市之介が訊いた。糸川たちは、何か知らせることがあって来たにちがいない。

「昨日、大草さまにお会いしたのだ」

糸川が言った。

「そうか。ともかく、腰を下ろしてくれ」

どうやら、糸川は大草との話を市之介に伝えるために来たらしい。

市之介は、おみつに茶を淹れるよう頼んだ。糸川たちと座敷で、話すつもりだった。おみつが座敷から出ると、

「大草さまに、木梨を斬って始末がついたことをお話ししたのだ」

糸川が切り出した。

市之介たちが、木梨を斬って四日経っていた。糸川と佐々野は、その後の木梨家の様子を見てから、大草に話したようだ。

「それで、伯父上は何と仰せられた」

市之介が訊いた。

「大草さまは、旗本の木梨が、屋敷で賭場をひらいていたり、殺し人として金ずくで人を斬っていたことなどを知って、ひどく驚かれた」

「そうだろうな。わずかな禄高の御家人とはちがって、木梨家は非役とはいえ、三百石の旗本だからな」

市之介は、大草が驚くのも無理はないと思った。

「大草さまは驚かれた後、青井のことを心配されていたよ」

「おれのことを心配していたと」

「そうだ」

「おれが、木梨と同じ非役だからではないか」

「そうかもしれん。……大草さまは、おぬしのことをいつも気にかけておられるからな」

かった。

「うむ……」

気にかけているなら、早く二百石の禄高相応の役柄に就けるよう幕閣に働きかけてくれればいいのだが、大草は口では言うが実際に動いているような様子はなかった。

「ところで、木梨家はどうなる」

市之介が訊いた。

「まだ、幕閣に何の動きもないが、木梨家はまちがいなく取り潰される、と大草さまはみておられる」

「そうだろうな」

木梨のやったことは、金ずくでひとを斬るという極悪非道な悪事だった。厳罰に処せられるのは当然である。

次に口をひらく者がなく、座敷が重苦しい沈黙につつまれたとき、

「ところで、野宮どのたちに捕らえられた権兵衛や駒蔵はどうなる」

と、市之介が声をあらためて訊いた。

「そのことだが、三日前、柳原通りで巡視中の野宮どのと会ってな、権兵衛たちのことを訊いてみたのだ」

そう前置きして、糸川が話したことによると、南茅場町《みなみかやばちょう》の大番屋で、吟味方与力による権兵衛や駒蔵に対する吟味が始まったところだという。権兵衛たちは覚悟しているらしく、訊問に答えているそうだ。

「まだ、どのような罰が下されるか分からないが、斬罪は免れないだろう」

糸川が言い添えた。斬罪は打ち首のことである。

「仕方あるまい」

市之介も、権兵衛や駒蔵は厳罰に処せられるとみていた。

ちょうど、市之介たちの話が終わったところへ、おみつとつるが座敷に入ってきた。おみつが、湯飲みを載せた盆を手にしていた。市之介たちに、茶を淹れてくれたらしい。

つるは、市之介の脇に座り、

「お茶が入りましたよ」

と、いつものおっとりした声で言った。

おみつは、殊勝な顔をして糸川と佐々野の前に座し、ふたりの膝先に湯飲みを置いた後、市之介のそばに来た。そして、市之介にも茶を出してから、市之介の脇に座った。恥ずかしそうに、視線を膝先に落としている。

「彦次郎どの、佳乃に手を焼いているのではありませんか。あの子は、わがままなところがあるので、心配してるんです」

つるは、佐々野家に嫁いで間もない佳乃のことが気になっているようだ。

「そ、そんなことは、ありません。佳乃はよくやってくれるので、家の者はみんな喜んでいます」

佐々野が、声をつまらせて言った。顔が赤くなっている。

「それならいいんですけど……」

つるはそうつぶやいた後、

「彦次郎どの、次は佳乃を連れてきてくださいな」

と、言い添えた。

「そうします」

慌てて、佐々野が言った。

つるは、佐々野から糸川に目を移し、

「おみつも、よくやってくれるし……」

そう言った後、

「一番心配なのは、市之介です。いったい何をやっているのか、夜も帰らず、遊び歩いていたと思うと、今度は朝から家のなかでごろごろしてるし、わたし、市之介のことが心配で夜も眠れないんです」

と、眉を寄せて言った。

「母上、おれは伯父上に頼まれて、糸川たちといっしょに悪事を働いた幕臣を懲らしめていたのです」

市之介が向きになって言った。

「糸川どのたちは、お役目だからねえ」

つるは、それ以上言わずに口をつぐんだが、まだ顔には憂いの色があった。つるは、役目でもないのに危ない橋を渡っている市之介のことが心配でならないらしい。

「そうだ、母上、みんなで浅草寺にでもお参りに行きませんか。糸川や佐々野も、いっしょに」

市之介が声を上げた。

「佳乃やおみつも、いっしょかい」

つるが、身を乗り出すようにして訊いた。

「ふたりもいっしょです」

「帰りにどこへ寄って、美味しい物でも食べましょうか」

つるの顔から憂いが消えた。

おみつも、嬉しそうな顔をしている。市之介たち男三人は何も言わず、膝先の湯飲みを手にして茶をすすった。三人が渋い顔をしたのは、冷めた茶のせいではないらしい。女たちの供をして参詣に行く己の姿が胸に過《よ》ぎったのであろう。

本書は書き下ろしです。

実業之日本社文庫 と213

剣《けん》客《かく》旗《はた》本《もと》春《しゅん》秋《じゅう》譚《たん》

2018年4月15日　初版第1刷発行

著　者　鳥《と》羽《ば》亮《りょう》

発行者　岩野裕一
発行所　株式会社実業之日本社
〒153-0044　東京都目黒区大橋 1-5-1
クロスエアタワー 8 階
電話 [編集]03(6809)0473 [販売]03(6809)0495
ホームページ　http://www.j-n.co.jp/
DTP　ラッシュ
印刷所　大日本印刷株式会社
製本所　大日本印刷株式会社

フォーマットデザイン　鈴木正道(Suzuki Design)

ISBN978-4-408-55414-3(第二文芸)